Hans Ernst · An einem Sonntagmorgen

Aus der Roman-Reihe
»Das alpenländische Bücherbrett«

HANS ERNST

An einem Sonntagmorgen

ROMAN

ROSENHEIMER VERLAGSHAUS

2. Auflage 1985
Printed in Austria

Schutzumschlag-Foto: Löbl-Schreyer, Bad Tölz
Druck und Bindung: Wiener Verlag, Himberg bei Wien
ISBN 3-475-52132-6

Früher hatten die Holzknechte, Senner und Sennerinnen jeden Herbst, wenn das Vieh von den Almen abgetrieben war, einen Almtanz abgehalten, auch Holzknechtsball hatten sie das genannt. Aber der Krieg hatte diesem Brauch ein Ende gemacht. Nun dachte man daran, die alte Sitte zu neuem Leben zu erwecken. Und so sah man denn eines Tages an Scheunentoren und Zäunen große weißblaue Plakate in Rautenmustern hängen, auf denen zu lesen stand:

Am Samstag, den 10. Oktober 1946,
findet im Saal »Zum Schwarzen Adler«
der altherkömmliche Almtanz statt.
Beginn: abends 8 Uhr. Eintritt 1,50 RM.
Zu zahlreichem Besuch lädt ein: Der Gebirgstrachtenerhaltungsverein »D' Edelweißler«, Riedenegg.

Vor einem dieser Plakate stand am Sonntag nach der Kirche die junge Martha Reiner und las staunend, was da Verlockendes angeboten wurde. Neunzehn Jahre war sie alt, und sie war noch nie auf einem Tanzfest gewesen. Sie war groß und schlank gewachsen, mit einer Fülle dunkelblonden Haares und großen braunen Augen in dem vom Sommer her noch braungebrannten Gesicht.

Eine alte Bäuerin stand plötzlich neben ihr, zog ihre Nickelbrille aus dem Kittelsack und las ebenfalls das Plakat. Dann nickte sie und schaute Martha an.

»Jetzt fangt 's Leben wieder an«, meinte sie. »Euch hat man sowieso um die Jugend betrogen. Von wem bist denn du?«

»Daheim bin ich beim Reiner am Graben, aber bedienstet bin ich beim Söller droben.«

»Aha! Bist im Sommer auf der Alm gewesen?«

»Ja, den zweiten Sommer schon.«

»Gehst hin zum Tanz?« forschte die Alte weiter.

»Ich weiß es noch nicht. War noch nie auf einem Tanzfest.«

»Freilich gehst, Dirndl. Kann leicht sein, daß du dein Glück dabei findest.«

»Glück?« fragte die Martha und lächelte. »Was ist das?«

»Glück ist wie ein Blümerl, das der liebe Gott aus der Hand fallen läßt. Und da muß man sich halt bucken darum, bevor's ein anderer aufhebt.«

An diese wunderlichen Worte mußte Martha denken, als sie den steilen Weg zum Söllerhof hinaufging. Eine Stunde Fußweg war es dort hinauf, eine Zeitlang an einem munter sprudelnden Bach entlang, dann durch einen kleinen Lärchenhag und wieder durch Wiesen, auf denen die Herbstzeitlosen blühten, die durchtrennt waren von dunklen Ackerstreifen.

Der Oktobertag war von goldener Schönheit. Der Bergwald stand noch im Farbenrausch seiner welken Blätter, und darüber erhoben sich die Berge. In der herbstlichen Klarheit sahen sie aus, als wären sie aus Glas, in dem sich tausendfach die Sonne spiegelte.

Bei dem Marterl, wo die Schwester ihres Bauern vor fünfzehn Jahren vom Blitz erschlagen wurde, blieb die Martha stehen und nahm den schweren Bänderhut ab. Sie war ein bißchen ins Schwitzen gekommen, öffnete den Spenzer am Hals und genoß dankbar die Kühle des Windes auf Stirn und Wangen. Dann las sie, wie so oft schon, den Spruch auf dem Marterl:

»Vom Blitzstrahl getroffen, sank sie nieder,
die Kathi, und erhob sich nicht wieder.
Sie starb im siebzehnten Lebensjahr,
gerade als sie brauchbar war.«

»Zur Arbeit brauchbar«, sagte der Söller immer, wenn er auf diese Zweideutigkeit angesprochen wurde.

Ist das Landl schön! dachte die Martha, als sie so dastand und die Augen umherschweifen ließ. Wie Küken um die

Henne scharten sich da drunten die Höfe und Häuser von Riedenegg um den schlanken Kirchturm. Gleich daneben das stattliche Gasthaus »Zum Schwarzen Adler«. Dann das Kaufhaus Pichler, daneben der gelbangestrichene Bau der Raiffeisenkasse. An den Höhen ringsum sah man Bauernhöfe liegen, von der Sonne umschimmert. Ganz droben, am Wald schon, der mächtige Hof des Balthasar Löschauer, genannt »beim Schlegl am Holz«, ein wahrer Herrensitz, mit viel Land, zwei Almgründen und eigener Jagd.

So reich müßte man sein, dachte Martha, die in arger Armut aufgewachsen war, da hinten im Graben, wo Hasen und Füchse sich gute Nacht sagten. Der Vater war im Krieg gefallen, die Mutter fristete das Leben mit einer kleinen Rente, einer Kuh und zwei Ziegen. Sie selber war seit zwei Jahren beim Söller im Dienst, in schwerem Dienst konnte man sagen, denn die Äcker da oben waren steinig, der Hof noch ohne elektrisches Licht, das Wasser mußte man noch von einem Pumpbrunnen ins Haus tragen. Aber die Martha empfand die Mühsal gar nicht so, sie schaffte mit fröhlichem Herzen, und es konnte sie nichts aus der Ruhe bringen. Wenn ihre Bauersleute stritten, dann lächelte sie nur und dachte sich: So will ich einmal nicht verheiratet sein. Sie stritten oft, diese beiden ungleichen Menschen. Der Mann schrie immer nur ganz kurz, jäh herausbrechend aus seiner sonstigen Ruhe. Sie nörgelte und geiferte stundenlang. Trotzdem lag jedes Jahr ein Kind in der Wiege. Darüber hatte Martha viel nachzudenken. Das Wunder der Menschwerdung, dachte sie, kann doch nur durch Liebe zustande kommen. Sie wußte noch nichts von Liebe, aber sie sehnte sich manchmal danach.

Jetzt ging sie weiter, bald lag dann der Hof vor ihr. Niedere, langgezogene Gebäude, das Wohnhaus mit kleinen Fenstern und ganz aus Holz, fast schon schwarzgebrannt von der Sonne vieler Sommer. Auf dem Balkon standen noch die Blumenkästen mit verwelkten Geranien und braunen Blättern. Nur der Rosmarin dazwischen grünte noch.

Auf der ungepflasterten Gred spielten ein paar Kinder, aus der Stube hörte sie ein anderes schreien. In der Küche hantierte die Bäuerin und blickte kaum auf, als die Martha eintrat. Sie fragte nur:

»Ist der Bauer ned mitkommen?«

Martha legte ihr Gebetbuch auf das Fensterbrett.

»Den hab ich zum Wirt reingehen sehn.«

»Ja, natürlich! Wieder saufen bis zum Abend! Es ist doch jedesmal das gleiche, wenn der am Sonntag ins Dorf runterkommt!«

Vergönn ihm doch die paar Halbe Bier, hätte Martha am liebsten gesagt. Er hat ja sonst ned viel vom Leben, hätte sie hinzufügen müssen. Aber das verschwieg sie lieber. Das ging sie nichts an. Ihre Gedanken bewegten sich auch in ganz anderer Richtung. Fast ohne es zu wollen, sagte sie:

»Am nächsten Samstag geh ich auf den Almtanz.«

Wie von einer Biene gestochen, fuhr die Söllerin herum. Ihr Gesicht mit den kantig hervorstehenden Backenknochen war ärgerlich.

»Du bleibst bei den Kindern daheim! Ich hab mit dem Bauern ausgemacht, daß ich mitgeh. Einmal im Jahr kann er mich doch mitnehmen.«

Woher Martha plötzlich den Mut hernahm zu widersprechen und gleich auf solch nachdrückliche Art, das wußte sie nicht. Sie reckte nur den schlanken Hals höher und machte die Augen schmal.

»Da hab ich doch nichts dagegen. Aber ich geh auch.«

»Und wer soll dann bei den Kindern bleiben?«

»Das weiß ich ned. Auf jeden Fall geh ich.«

»Ja, wie redest denn du mit mir?« Die Söllerin kam aus dem Staunen nicht mehr heraus. »Wenn ich sag, du bleibst daheim, dann bleibst daheim!«

Die Martha schüttelte den Kopf und strich über das Haar eines der Kinder, das sich an ihren Rock gehängt hatte.

»Bäuerin, das kannst du deinen Kindern einmal sagen, wenn sie groß sind. Aber mir nicht. Ich bin ned dein Kind.«

»Aber die Magd bist du, und da hast du zu gehorchen!«

Auf Marthas Stirn hatte sich eine steile Falte gebildet. »Was die Arbeit anlangt, ja. Aber alles andere ist meine Sach ganz allein. Ich bin kein Kind mehr, und verlang ich denn etwas Unrechtes? Bis jetzt hab ich von meinem Leben noch ned viel gehabt. Ich bin jung, ich will auch einmal lustig sein dürfen und tanzen, grad so dahinfliegen will ich auf dem Tanzboden!« Das hatte sie aus sich herausgeschrien. Leiser fügte sie hinzu: »Vorausgesetzt, daß mich einer zum Tanzen holt.«

Die Söllerin starrte sie an, als sähe sie einen Geist. Eine hektische Röte hatte sich über ihr Gesicht ergossen. Dann ließ sie den Kopf sinken und bekam einen schiefen Mund; die oberen Zähne traten groß hervor.

Da tat sie der Martha wieder leid, und sie lenkte ein. »Also gut dann, wenn du für die Kinder niemand auftreibst, dann bleib ich halt daheim und denk mir, ich werd nicht viel versäumen. Es wird ja noch öfter ein Almtanz sein.«

Somit wäre eigentlich alles gut gewesen. Aber dann kam der Bauer heim, nicht am Abend, wie seine Bäuerin gedacht hatte, sondern kurz nach zwei Uhr.

»Hast schon gegessen?« fragte die Söllerin.

Er schüttelte den Kopf, setzte sich auf das Bankerl neben dem Küchenherd und schnürte die Schuhe auf. Er war ein kleiner breitschultriger Mann, mit einem zersausten Schnauzbart auf der Oberlippe und ziemlich lichtem Haar, dessen Strähnen er quer über den Kopf gekämmt hatte. Er sah seiner Bäuerin zu, wie sie die Bratpfanne mit dem Schweinebraten vom Mittag aus der Röhre zog. In der Soße, die schon eine dünne Haut angesetzt hatte, lagen ein paar Knödel. Sie stellte die Pfanne vor ihn auf den Tisch, ohne Teller, und während er sein Messer zog und einen Knödel zerschnitt, setzte sie sich ihm gegenüber und sagte:

»Die Martha möcht am Samstag auf den Almball gehn.«

»Ja, und?«

»Ich hab gesagt, das geht ned, weil sie bei den Kindern daheimbleiben muß.«

Der Söller zuckte die Schultern. »Zwingen kannst sie dazu ned. Sie ist neunzehn, und bis jetzt hat sie halt auch noch gar nix vom Leben gehabt.«

»Und was hab ich schon gehabt in den zehn Jahren, seit wir verheiratet sind? Jedes Jahr einen Schrazen!«

»Ned jedes Jahr. Zwischen dem Bertl und der Rosl liegen drei Jahr. Wir haben sieben Kinder, ned zehn. Und überhaupt, frag dich doch, ob du es anders hast haben wollen. Tu bloß ned allweil mir die Schuld geben!«

»Ja, ja, ich weiß schon! Wenn es nach dir ging, tätst am liebsten für dich allein in einer Kammer schlafen.«

»Warum ned?«

»Des tät dir so passen! Daß du zur Martha in die Kammer schleichen könntest! Meinst, ich seh ned, wie du allweil hinter ihr herlurst? Wie ein Fuchs, wenn er um den Hühnerstall schleicht!«

Der Söller warf das Messer auf die Tischplatte. »Ja spinnst denn du? Ich lang mit dir schon!«

Er hatte ein reines Gewissen und hätte gar nicht so zu schreien brauchen. Aber es wurmte ihn, daß sie mit ihrer dauernden Eifersucht jetzt auch noch die Martha verdächtigte, der er doch mit keinem Gedanken zu nahe gekommen war. Er schätzte sie über alle Maßen, weil sie tüchtig war, ehrlich in allem und weil sie seine Kinder gern hatte, als ob es ihre eigenen wären. Mußten sie denn nicht froh sein, einen jungen Menschen gefunden zu haben, der noch auf so einem abgelegenen Berghof dienen mochte, auf dem es keinerlei Komfort gab? Und wie hatte sie in diesen zwei Sommern die Alm bewirtschaftet! Nein, die Thres war ungerecht!

Der Appetit war ihm vergangen. Mürrisch schob er die Bratpfanne zurück, wischte das Messer an der Lederhose ab und steckte es ein. Dann verließ er das Haus und sprach droben in der Keusche der Angermaierin vor, ob sie am

Samstag nicht auf die Kinder aufpassen wolle. Das Weiblein sagte zu, und als er dann am Abend mit dieser Botschaft zurückkam, sagte die Söllerin:

»Des hätt's gar ned gebraucht. Ich wär schon daheimgeblieben.«

Am Samstag gingen sie zu dritt ins Dorf hinunter. Die Söllerin war versöhnlichen Sinns geworden und hatte ihrer Magd eine ihrer beiden silbernen Halsketten geliehen, ein wertvolles Stück mit sieben Silbergliedern und einem goldenen Verschluß. Als sie auf halbem Weg waren, sagte der Söller zur Martha, die aufgeregt und voller Erwartungen immer ein Stück Wegs vorausrannte:

»Dein Herz hättest eigentlich auf dem Hof zrucklassen sollen, Martha.«

»Warum denn, Bauer?«

»Ich mein bloß, wenn du es grad verliern tätst heut.«

Wie sie lachen konnte, die Martha! »Ich wüßt ned, wie das zugehn sollt.«

»Warten wir's ab, Martha.«

»Das geht oft schneller, wie man meint«, glaubte die Söllerin noch sagen zu müssen.

In der Dunkelheit schrie irgendwo ein Nachtvogel. Der Wind kam stöhnend aus der Schwärze des Waldes heraus. Die Söllerin stolperte über einen Steinbrocken auf dem rauhen Fahrweg und konnte sich gerade noch am Arm ihres Mannes festhalten und ließ ihn nicht mehr los, bis sie vor dem hellerleuchteten Gasthof standen.

Der Saal faßte zweihundertfünfzig Personen, und die drei vom Söllerhof fanden gerade noch mühsam einen Platz neben der Schenke, wo der Hausknecht seines Amtes waltete und es vorzüglich verstand, die Krüge so zu füllen, daß eine gute Handbreit Schaum darauf stand. Da es Steinkrüge waren, konnte man das nie so genau bemessen, immerhin wußte der Adlerknecht Otto, daß man bei richtigem Einschenken von einem Hektoliter sieben bis acht Maß für sich abzweigen konnte.

Sechzehn Mann spielten auf ihren Blechinstrumenten und brachten gleich von Anfang an Stimmung in den Saal. Zu lange hatte man Tanz und Lustbarkeit entbehren müssen. Die Menschen waren ausgehungert und stürzten sich geradezu ins Vergnügen. Der Söller tanzte mit seiner Bäuerin einen Walzer und sagte ihr dabei, daß er auch mit der Martha tanzen werde, das sei er ihr schuldig, und sie müsse es verstehen. Und da sie heute friedfertig gestimmt war, verstand sie es auch. Wenigstens sagte sie es.

Martha sah den beiden zu und ließ dann den Blick durch den Saal schweifen. Da drüben saß der Förster Rehbusch mit seiner Frau und dem amerikanischen Major, der hier einmal Ortskommandant gewesen und jetzt zur Kreiskommandantur versetzt worden war. Dieser Major Fredrik Mores kam gern nach Riedenegg, ging auch in Begleitung des Försters hier auf die Jagd und war im Sommer ein paarmal mit dem Förster auf ihrer Almhütte eingekehrt. Jetzt sah er sie an, erkannte sie und hob grüßend die Hand. Martha nickte und ließ dann ihre Blicke weiterwandern zu dem Tisch, wo die Schlodererbuben saßen. In Begleitung des Schloderer-Urban, der eine dunkelgetönte Brille trug und von sich behauptete, er sei weitum bekannt wie ein »roter Hund«, befand sich ein bildschönes schwarzhaariges Mädchen. Martha sah, wie der Urban jetzt unter den Tisch langte, eine Aktentasche hervorholte und ihr eine Flasche Wein entnahm, die er in den Maßkrug entleerte.

Die Söller kamen zurück. Die Bäuerin schwitzte und atmete schwer.

»Ich bin ’s Tanzen nimmer gewöhnt«, sagte sie und wischte sich mit dem Taschentuch übers Gesicht. »Ich hab ja auch schon nimmer getanzt seit der Mirl ihrer Hochzeit, und die war im achtunddreißiger Jahr.«

Dann tanzte der Söller mit der Martha. Ach, dachte er, was für ein Unterschied! Die Martha lag wie eine Feder in seinem Arm, seine Thres dagegen wie eine Bleikugel. Direkt Leben kam in seine krummen Beine, er griff mit den Unterzähnen nach seinem Bart hinauf und sagte:

»Dich spürt man kaum. Wie eine Feder bist! Wo hast denn du 's Tanzen so gut gelernt?«

»Mit einem Besenstiel«, lachte sie. »Und mit einem alten Grammophon.«

»Mmdada«, machte die Baßtrompete, und die Klarinetten jubelten hell darüber. Immer heißer wurde es im Saal. Ein paar Hitzköpfe schrien aufeinander ein, und Otto schaute unter den Schanktisch nach dem Ochsenfiesel. Aber er brauchte ihn nicht. Das Bier war zu dünn, um in der zweiten Stunde schon Räusche erzeugen zu können.

Einmal begonnen, kam Martha kaum mehr zum Niedersetzen. Man riß sich um sie, und zum erstenmal wurden jetzt Worte in ihr Ohr geflüstert, die sie noch nie gehört hatte. Daß sie schön sei, wurde ihr gesagt, daß sie gut tanzen könne, ob man nicht erfahren könne, von wem sie sei und wo ihr Kammerfenster wäre.

Martha nahm das alles nicht ernst, gab sich ganz dem Rhythmus des Tanzes hin und war froh, als sie einmal ausschnaufend bei den Söller sitzen konnte.

»Weißwürste gibt's auch«, sagte der Söller und sah mit langem Hals den Kellnerinnen nach, die mit den Tellern durch den Saal rannten.

»Mir wär ein Nierenbraten lieber«, knurrte die Söllerin. »Ham mir überhaupt Marken dabei?«

In diesem Augenblick gab es der Martha einen Riß. Unter der Saaltür stand, großgewachsen und schlank, ein Bursch in einem hellen Steireranzug und einem mächtigen Gamsbart auf dem grünen Samthut.

Die Hände hinter dem Rücken verschränkt, stand er dort und ließ seine Augen durch den Saal wandern. Sein Blick traf die Martha. In seinen Augen leuchtete es kurz auf. Dann wurde er vom Tisch der Schloderer her angerufen, und er begab sich dorthin. Der Krug mit Wein wurde ihm geboten. Er nahm nur einen kleinen Schluck. Dann stellte er den Krug zurück und sprach mit dem schwarzhaarigen Mädchen. Die Martha konnte nicht wegschauen, und zum erstenmal empfand sie ein Gefühl, das sie bisher noch nicht gekannt hatte. Es tat ein bißchen weh, so wie ein kleiner Stich im Herzen ...

Jetzt legte der Schloderer-Urban den Arm um die Schultern des Neuangekommenen. Es war etwas Eigenartiges um diesen Urban. Sein breites Gesicht mit dem sandfarbenen Haar über der hohen Stirn hatte so gar nichts Männliches. Man hätte es eher weibisch nennen können, wenn nicht der harte, fast brutale Zug um Mundwinkel und Kinn gewesen wäre. Mit biederer Herzlichkeit redete er auf den anderen ein, bot ihm wieder den Weinkrug, doch der lehnte ab.

»Martha, deine Würst werden kalt«, mahnte die Söllerin.

Wie aus einem Traum gerissen, griff Martha nach Messer und Gabel. Die Musik begann wieder zu spielen. Eine böhmische Polka, die wie Feuer in die Beine fuhr.

Plötzlich hörte Martha eine Stimme dicht vor sich. Sie schaute auf und erschrak. Der fremde Bursch stand vor ihr.

»Ach so, du ißt grad. Ja, dann laß dich nicht stören. Guten Appetit wünsch ich, und hernach tät ich um eine Polka bitten.«

Martha merkte, wie ihre Hände zitterten und das Blut ihr in die Wangen stieg. Dann war die Stimme wieder da, diesmal an die Söller gerichtet:

»Habt ihr Besuch kriegt?«

»Nein, das ist unsere Magd«, sagte die Söllerin gleich, und Martha hatte das Gefühl, als hätte die Bäuerin ihr eine Ohrfeige versetzt. Jetzt wird er nicht mehr mit mir tanzen wollen, dachte sie, denn — sie war ja »bloß« eine Magd, so was ganz Hinterstelliges, der letzte Dreck auf einem Bauernhof. Oh, sie wußte doch aus Erfahrung, was ein dienender Mensch wert war. Wie im Zorn schob sie den letzten Brocken Brot in den Mund und wischte sich dann mit dem Taschentuch Hände und Lippen ab.

Der Bursche stand immer noch vor ihr, lächelte sie an und fragte: »Hat's geschmeckt?« Dabei bot er ihr zugleich seine Hand, die sie ergriff.

Dann wurde sie von seinen Armen umfangen. Sie wagte kaum, zu ihm aufzuschauen. Das heißt, aufzuschauen hätte sie gar nicht brauchen, denn sie waren ziemlich gleich groß, und sie hätte bequem in seine Augen sehen können, die blau waren und wunderschön harmonierten mit seinen schwarzen Wimpern und Brauen. Seine Stimme klang warm, zärtlich.

»Bist du mit den Söller auf den Ball gekommen?« fragte er.

Jetzt schaute sie ihn zum erstenmal voll an. Die Bangigkeit war auf einmal wie weggeflogen.

»Ja, sie haben mich mitgenommen.«

»Aber heimbringen werd ich dich.«

Eine schwere, fremde Süßigkeit schien ihre Gedanken vernebeln zu wollen.

»Das sagst du so einfach«, meinte sie mit zagem Lächeln.

»Weil es einfach ist.« Er zog sie nah an sich, so daß ihre Füße kaum mehr den Boden berührten.

»Bei dir ist scheinbar alles einfach und selbstverständlich?« fragte sie.

»Leider doch ned alles. Dirndl, Dirndl! Du gefällst mir!«

»Du mir auch«, hätte sie beinahe geantwortet. Doch das verschluckte sie und sagte statt dessen: »Ich weiß ja gar ned einmal, wer du bist.«

»Das kann ich dir gern sagen. Der Toni Löschauer bin ich, vom Schlegl am Holz.«

»O weh!« entschlüpfte es ihr, und sie wollte den festen Griff um ihre Taille lockern. Aber das ging gar nicht so leicht. Er lehnte jetzt seine Stirn an die ihre, klatschte dann wie besessen, als die Polka zu Ende war und drauf ein Walzer gespielt wurde.

»Warum sagst du o weh? Schlechte Erfahrungen?«

Das war ganz nahe an ihrem Ohr gefragt. Es war eigentümlich, wie sein naher Atem sie erschauern ließ.

»Ich hab überhaupt noch keine Erfahrungen«, sagte sie. »Und ich will auch mit dir keine machen, weil die doch bloß schlecht ausgehen müssen.«

»Wie kommst denn darauf?«

Sie schaute ihm wieder in die Augen. Er wich ihr nicht aus.

»Sonst bist ein netter Bursch«, lächelte sie, »aber du kannst es ja gar ned ehrlich meinen.«

»Und warum ned?«

»Geh, du, der Löschauerbub, und ich! Hast es ja selber gehört, was die Söllerin g'sagt hat. Bloß eine Magd.«

»Als wenn des mich scheniern tät!« lachte er. »Eine gute Magd ist mehr wert als eine schlechte Bäuerin.«

»Jetzt red bloß keinen Unsinn, Löschauer.«

»Toni heiß ich. Und so unsinnig ist das durchaus ned, wenn ich sag, daß du mir g'fallst.«

»Und morgen weißt das vielleicht schon gar nimmer.«

»Da kennst mich aber schlecht.«

»Ich kenn dich überhaupt nicht.«

»Das kann man nachholen. Im übrigen — ich weiß ja auch noch ned, wie du heißt und wo du daheim bist.«

Es hatte keinen Sinn, sich gegen ihn zu stemmen. Es war, als stünde sie mitten in einer Verzauberung. Willenlos ließ sie geschehen, daß er jetzt seine Wange an die ihre legte, und ein wunderliches, fast heftiges Verlangen wollte sie überkommen, mit ihrem Mund über den seinen hinzuzärteln.

»Martha heiß ich«, flüsterte sie. »Und daheim bin ich im Graben. Beim Reiner heißt unser Häusl.«

Als sie es gesagt hatte, erwartete sie, daß seine Wange sich von der ihren löse. Statt dessen drückte er sie nur noch fester an sich, und da fiel ihr auf einmal wieder ein, was die alte Bäuerin vor dem Plakat zu ihr gesagt hatte: »Glück ist wie ein Blümerl, das der liebe Gott aus der Hand fallen läßt. Und da muß man sich halt bucken darum, bevor es ein anderer aufhebt.«

Da war der Walzer zu Ende, und Toni brachte sie zurück an den Tisch der Söller. Er unterhielt sich mit dem Bauern und sah dann mit gesenkten Brauen hinter der Martha her, die auf einmal von allen Burschen zum Tanz begehrt wurde. Ihre Wangen glühten wie Pfingstrosen, auf ihrer Stirn standen Schweißtropfen. Als sie an den Tisch zurückkam, legte der Löschauer-Toni seine Hand auf ihren Arm und sagte:

»Du kommst ins Schwitzen, Dirndl. Das ist ned gut, wenn du hernach in die Kälte raus mußt. Den nächsten Tanz schlagst aus, der übernächste gehört dann wieder mir. — Was du für eine schöne Halskette hast!« Er berührte sie, ließ die Silberglieder durch seine Finger gleiten und betrachtete den Verschluß. In diesem Augenblick sagte die Söllerin:

»Die hat sie von mir zu leihen genommen.«

Marthas Gesicht lief rot an. Am liebsten hätte sie jetzt losgeheult, und es tröstete sie kaum, daß der Söller meinte:

»Das hättest jetzt auch ned zu sagen brauchen.«

»Warum?« piepste sie auf, schon wieder zu Streit bereit. »D' Wahrheit wird man doch noch sagen dürfen!«

Da sagte der Löschauer-Toni in aller Ruhe: »Streit ned, Söller. Es kann halt kein Mensch aus seiner sauren Haut heraus.«

Das war denn doch zuviel. Saure Haut! Das hatte ihr noch niemand gesagt! Aber mit dem jungen Löschauer konnte sie sich doch auf keinen Streit einlassen. Man konnte höchstens heimgehen jetzt.

»Zahl jetzt, Alter. Wir gehn heim«, forderte sie und zitterte vor Zorn, weil der Löschauer mit stoischer Ruhe sagte:

»Die Martha bleibt noch da. Die bring ich heim.«

»Sonst nix mehr? Sie ist mit uns runtergangen und geht auch mit uns heim!«

»Ah, so ist das!« sagte der Toni und schaute die Martha an. »Stehst du denn unter Kuratel? Wie alt bist denn schon?«

Der Martha war der Auftritt peinlich. Sie wußte, was sie morgen von der Bäuerin zu erwarten hatte. Aber wenn sie nun wegging, war all ihre Seligkeit vorbei. Sie schaute den Toni an und sagte traurig:

»Neunzehn bin ich geworden.«

»Und da mußt du dich von deiner Bäuerin noch bevormunden lassen? Sag einmal, Söller, in was für einer Zeit lebt denn ihr noch? Heutzutags muß man doch froh sein, wenn man überhaupt noch einen guten Dienstboten hat. — Komm, Martha! Wir tanzen!«

Als sie nach zehn Minuten zurückkamen, waren die Söller heimgegangen.

»Jetzt wird's erst lustig«, lachte der Toni. »Die Söllerin mit ihrem Sauerampfergesicht könnt einem jeden Spaß verderben!« Er legte den Arm um ihre Schulter. »Wie du es bei der bloß aushalten kannst!«

»Ja mei«, sagte sie. »Man muß sie halt nehmen, wie sie ist. Du warst aber auch ganz schön frech mit ihr.«

»Weil ich mich geärgert hab. Deinetwegen, ned meinetwegen.«

»Bist du allerweil so frech?«

»Bin ich vielleicht frech mit dir?«

Ein neues Glücksgefühl durchströmte sie, sie schmiegte sich gern in seinen Arm und fühlte sich geborgen.

»Wer ist das Mädl da drüben, die saubere Schwarze, die allweil zu uns rüberschaut?« forschte sie.

»Das ist die Barbara, meine Schwester.«

»Ach so. Und ich hab schon g'meint ...«

»Was hast gemeint?«

»Es könnt auch eine von den vielen sein, die dir gefalln.«

Zum erstenmal betrachtete er sie genauer. Ihr Mund stand leicht offen, ihre Wangen glühten, ihre Augen leuchteten in einem sonderbar schönen Glanz.

»Du bist schön«, flüsterte er, und sein Mund kam dem ihren ganz nah.

»Doch ned hier, wo alle zuschaun können.«

»Ja, du hast recht. Komm, tanzen wir wieder.«

Sofort erhob sie sich, obwohl sie jetzt lieber mit ihm ganz weit weg gewesen wäre. Ganz gleich, wo. Nur keine Menschen dürften da sein. Aber es waren so viele Menschen da. Annähernd dreihundert, weil außer den Söller noch niemand daran gedacht hatte, den Saal zu verlassen.

Grau lag der Novembertag über dem Land. Ende Oktober hatte es schon eine Menge Schnee hergeworfen. Aber er hatte noch keine Wintergültigkeit. Es fehlte der Frost. Der Schnee war schwer und matschig. Alles war in tiefe Schwermut gehüllt. Als ob der Himmel weinen wollte, so sah es aus an diesem Allerheiligentag.

Schwermut fing auch an, die Martha zu belasten. Sie war mit ihrer Mutter am Familiengrab gestanden, so wie es sich gehörte an diesem Tag. Und da hatte sie den Mann wiedergesehen, der sie durch eine Nacht geführt hatte, der sie geküßt und ihr so viel Liebes gesagt hatte.

Er stand etwa fünfzehn Schritte von ihr entfernt, auch an einem Grab. Mit seinem Vater, seiner Mutter und mit seiner schönen Schwester. Die Löschauer hatten natürlich ein viel größeres und kostbareres Grabmal, sie aber war mit ihrer Mutter nur vor dem kleinen schmiedeeisernen Kreuz gestanden, auf dessen weißem Schild der Name des gefallenen Soldaten Thomas Reiner stand.

Nicht einmal hatte er herübergeschaut zu ihr. Wahrscheinlich hatte er sie längst vergessen, weil es sich nicht lohnte, an ein Mädchen zu denken, das ihm nicht mehr schenken gewollt hatte als ihren Mund. Ganz sicher war dieser Großbauernsohn was anderes gewöhnt und sah sich nun enttäuscht, weil sich seine Erwartungen nicht erfüllt hatten.

Vielleicht war sie selber schuld, weil sie nicht den Mut gehabt hatte, sich nach dem Blümerl Glück zu bücken.

Der Friedhof leerte sich. Die Reinermutter hob den Kopf mit dem dunklen Tuch.

»Kommst mit heim, Martha, auf eine Tasse Kaffee?«

Martha nickte und ging vor der Mutter her zu dem Häusl am Graben. Es lag geduckt unterm Schnee, der nur um das Haus herum weggeschaufelt war. In der Stube aber war es gemütlich warm. Der rotgescheckte Kater sprang gleich vom Kanapee und schnurrte zutraulich um Martha herum, bis sie ihn auf den Arm nahm und streichelte.

Die Mutter saß auf der Ofenbank, hatte die Kaffeemühle zwischen den Knien und drehte die Kurbel.

»Wie geht's dir denn, Kindl?«

Martha setzte den Kater ab und schlüpfte aus ihrem Mantel.

»Gut, Mutter. Wie soll's mir sonst gehn?«

»Ich weiß ned, du bist mir heut so verstimmt vorgekommen, als ob du einen Kummer hättest.«

»Aber, Mutter, das bildest du dir bloß ein! Übrigens, wo hast du denn den Bohnenkaffee her?«

»Gell, da schaust! Den hab ich noch vom vorigen Jahr, wie die Amis noch in Riedenegg waren. Für den Major Mores hab ich da gewaschen und gebügelt. Und da hat er mir einmal zwei Pfund Bohnenkaffee gebracht.«

Martha wollte nun den Tisch decken, aber die Mutter drückte sie auf das Kanapee zurück. Die resolute Frau war so glücklich, die Tochter wieder einmal bei sich zu haben, wenn auch bloß für ein paar Stunden. Aber es stimmte: Mit Martha war eine Veränderung vor sich gegangen. Die Mutter ließ sich nicht täuschen. Im Gesicht der Tochter war ein Zug, den es früher nicht gegeben hatte. Gerade als ob sie ein Leid oder einen Kummer verbergen wolle. Und plötzlich fiel es der Reinerin ein:

»Wenn's dir nimmer gefällt da oben beim Söller, dann komm heim. Beim Adlerwirt bräuchten sie ein Küchenmädl. Dann könntest jeden Abend zum Schlafen heimkommen.«

Martha hob den Kopf. Ihre Stirn war in Falten gelegt, so als ob sie angestrengt nachdenke. Dann sagte sie:

»Ich hab dem Söller zugesagt, daß ich auf Lichtmeß

bleibe. Sie ist zwar eine Zwiderwurzn und mag sich oft selber ned. Aber es ist zum Aushalten, weil ich mir nimmer alles gefallen laß, und im Frühjahr, da zieh ich wieder auf die Alm. Das Leben da oben ist herrlich, Mutter.«

»Wem sagst du das? Auf der Alm, da hab ich doch deinen Vater kennengelernt.«

Herrlich zog der Duft des Kaffees durch die kleine Stube. Es war so gemütlich hier. Auf der Herdplatte brutzelten ein paar Bratäpfel, der Kanarienvogel hüpfte in seinem Bauer geschäftig hin und her und ließ manchmal einen Triller los, als wollte er der Martha zeigen, daß er es noch nicht verlernt hatte.

Aber die hörte es kaum, sie war mit ihren Gedanken ganz woanders. Was sie schon halb vergessen hatte, war jäh aufgewacht, seit sie heute den Toni wiedergesehen hatte. Warum hatte er denn gar nicht ein einziges Mal zu ihr hergeschaut? Hatte er Angst vor den Seinen? Und sie hatte gemeint, welch mutiger Bursch er wäre! Einer, der sich um den Teufel nicht scherte, wenn er sich was in den Kopf gesetzt hatte. Nein, er hatte sie ganz einfach schon vergessen.

»Jetzt komm zum Tisch her, Martha«, forderte die Mutter und schnitt den goldgelben Guglhupf an.

Martha saß so, daß sie durch das kleine Fenster zur Nordseite hinaussehen konnte, wo der Bach vorbeifloß. Wenn man genau hinhorchte, konnte man sein Plätschern vernehmen. Sie sah auch den großen Haufen dicker Buchenknüppel zwischen den Stämmen der Apfelbäume aufgeschichtet und fragte ohne besondere Neugier:

»Wo hast du denn den Haufen Holz her, Mutter?«

»Ja«, lachte die Reinerin und tauchte noch schnell ein Stück Guglhupf in die Kaffeetasse, »das hat mich überrascht wie ganz selten etwas. Fahrt da vor ein paar Tagen der junge Löschauer mit dem Traktor her und fragt mich, ob ich das Buchenholz ned brauchen könnt. Das sind mindestens zwei Klafter, wenn es aufgearbeitet ist.«

Marthas Hände zitterten plötzlich so heftig, daß sie die Kaffeetasse niederstellen mußte.

»Wer hat dir das Holz gebracht?«

»Der junge Löschauer.«

»Der Toni?«

»Wie er mit Vornamen heißt, weiß ich ned.« Die Mutter sah ihre Tochter aufmerksamer an. Warum leuchteten deren Augen auf einmal so froh und hell? Und der harte Zug um die Mundwinkel war auch auf einmal weg. »Wieso weißt denn du, daß er Toni heißt?«

Statt aller Antwort stand Martha auf, rückte neben die Mutter und schlang beide Arme um deren Hals. Und es sprudelte aus ihr heraus wie ein Quell. Vom Almtanz erzählte sie, vom Toni, der viermal mit ihr getanzt und sie dann heimbegleitet hatte. Auf einmal rauschte ihre Stimme wieder dunkel wie ein Tannenwald. Alles Bedrückende schien von ihr abgefallen zu sein. Sie sprang auf und tanzte durch die Stube, leicht und beschwingt, so wie auf dem Tanzboden. Nur die Arme hob sie dabei ins Leere, schloß sie dann zu sich her, als wollte sie sich selber umarmen. Auf einmal hielt sie inne und schaute in das bekümmerte Gesicht der Mutter.

»Aber, Mutter, du freust dich ja gar ned mit mir?«

»Wie könnt ich denn das, Martha? Kindl, Kindl! Du bist auf einem gefährlichen Irrweg! Du tappst in ein Dunkel hinein, aus dem du nimmer rauskommst! Höchstens mit einem gebrochenen Herzen. Ich kenn dich doch, Martha. Du nimmst doch alles so schwer und wirst zerbrechen daran.«

»Aber, Mutter, vergönn mir doch mein bißl Glück. Er mag mich doch, der Toni! Ganz g'wiß, Mutter! Er hat gesagt, daß er mich narrisch gern hat.«

»Ich kenn die Sprüch, Martha.«

»Aber das sind keine Sprüch, Mutter. Warum meinst du denn, hätte er dir sonst das Holz hergefahren?«

»Ja, das hab ich mich auch gefragt. Jetzt weiß ich's. Er

hat mir zwar gesagt, daß er mir des Holz schenkt. Aber für die zwei Klafter wirst halt du zahlen müssen, Dirndl. Wenn du ned überhaupt schon zahlt hast!«

»Wie meinst denn das, Mutter?«

Die Reinerin wurde nun verlegen, wußte nicht recht, wie sie das Kind beim Namen nennen sollte, obwohl dies unter Frauen leicht gewesen wäre. Da kam ihr der Gedanke, auf die alte Wiege im Dachboden droben anzuspielen, in der kein Kind zu liegen habe, bis nicht Gesetz und Segen das Recht dazu gegeben hätten.

»Jetzt versteh ich, Mutter«, lachte Martha herzhaft und schüttelte den Kopf. »Von dem hat der Toni nix gesagt.«

»Das kommt schon noch, verlaß dich drauf. Und dann wirst schon wissen, was du zu tun hast. Sei bloß vorsichtig. Verloren ist gleich was, aber du findest es dann nimmermehr.«

Die Warnung war nun wohl deutlich genug und unmißverständlich. Die Martha nickte.

»Keine Angst, Mutter. Ich paß schon auf mich auf. Zu dem, was du meinst, müssen immer zwei sein.«

Das war wohl ein guter Vorsatz. Trotzdem konnte Martha nicht leugnen, daß sie seit jenem Tanzabend in eine leise Verwirrung geraten war, in einen wallenden Nebel, aus dem sie nicht mehr recht herausfand. Aber nun war mit einem Schlag wieder alles licht und klar, auch wenn der Allerheiligentag mit noch so niederen Wolken über dem Tal lag.

Es begann wieder zu schneien, als Martha wenig später auf den Söllerhof zurückging. Große, flaumige Flocken waren es, die am liebsten schon wieder zerschmolzen wären, noch ehe sie den Boden erreichten.

So wie die Frauen nach dem Allerheiligenumgang im Friedhof möglichst schnell nach Hause in die warme Stube drängten, zog es die Männer ins Wirtshaus. Die Gaststube beim

Adlerwirt war brechend voll, und selbst im Nebenzimmer waren noch Tische besetzt, denn es hatte sich unter der Hand herumgesprochen, daß im Schlachthaus der Metzgerei die ganze Nacht das Licht gebrannt habe, wenn auch bei verhängten Fenstern.

Wenn sich jemand die Mühe gemacht hätte, der Spur nachzugehen, es wäre leicht festzustellen gewesen, wo der Hirsch geschossen war und auf welchem Weg er ins Schlachthaus beim Adlerwirt gewandert war. Aber wen hätte dies in dieser Zeit schon interessiert! Der Förster Rehbusch saß in seinem Jagdhaus ohne Gewehr und durfte höchstens mit einem Stecken in den Wald gehen. Aber mit einem Stecken konnte man keinen Wildschützen stellen. Dem Förster Rehbusch wurde höchstens die Ehre zuteil, einen der amerikanischen Offiziere auf den Anstand führen zu dürfen, und war dann dankbar, wenn man ihm die Innereien überließ, während das Wildbret selber im Offizierskasino in der Kreisstadt verzehrt wurde. Zwar durften die Bauern und Jäger immer noch kein Gewehr besitzen, das war sogar bei Todesstrafe verboten, aber da und dort krachte es halt doch irgendwo.

Die Amerikaner waren keine Jäger im Sinn der Riedenegger. Bis auf den Major Mores. Der war ein Jäger, der nicht wahllos zusammenschoß, was ihm vor den Lauf kam, so wie der mexikanische Korporal, der gleich mit einer Maschinenpistole in den Wald gegangen war. Den Major respektierten sie, der hatte ein Herz gehabt für sie und ihre tausend Nöte in jener Zeit. Es hätte wenig gefehlt, dann hätten sie den Major zum Hirschragout eingeladen.

Aus der Küche kam der wunderbare Duft von Wildbret, und dem Rappoltbauern lief das Wasser im Mund zusammen.

»Gibt's bald was?« fragte er.

»Da mußt schon noch ein paar Stund warten«, meinte der Wirt und schob seine Virginia von einem Mundwinkel in den anderen.

»Und wo du den Hirsch her hast, das kannst uns wahrscheinlich ned sagen?« wollte der Mesner wissen.

Der Wirt schaute den Frager ruhig an, dann den Löschauer und zwickte ein Auge zu.

»Doch, das kann ich dir schon sagen. Bei dem frühen Schneefall wär's ja kein Wunder, wenn 's Wild schon bis ins Tal runterkäm. So ein Viecherl hat ja ned den Verstand wie unsereins. Kommt so ein Hirschkalb bei uns in den Saupferch rein und bricht sich den Haxen. So leid's mir tan hat, ich hab das Stuck abstechen müssen, weil man doch so ein Viech ned leiden sehen kann.«

»Uns ist des Wurscht«, lachte der Kramer-Vinzenz. »Die Hauptsach, es gibt endlich einmal wieder ein Ragout für uns auch, ned bloß allweil für die Großkopferten.«

»Meinst die Amerikaner?«

»Da fressen schon die andern auch mit. Der Landrat und seine Konsorten.«

»Einmal wird's auch wieder anders«, sagte der Löschauer. Ihn hatte es doch am meisten getroffen. Seit uralten Zeiten war bei seinem Hof die eigene Jagd gewesen. Und jetzt war es ihm verboten, hinauszugehen. Der Gewehrschrank daheim stand leer, und das Herz tat ihm heute noch weh, wenn er daran dachte, wie der krummbeinige Texaner seine herrlichen Gewehre aus dem Schrank gezerrt und auf einen Jeep geworfen hatte, als wären sie billige Holzprügel. Wann es wieder anders werden würde, das wußte er freilich auch nicht. Er hatte nur den Glauben daran und sagte immer: »Man kann ein Volk ned mit einem Daumendruck jahrelang niederhalten, daß es sich duckt und 's Maul halten muß. Nur abwarten muß man können. Geduld muß man haben. Alles andere ist für die Katz.«

Während die Bauern am großen Ofentisch sich derartigen Gesprächen hingaben, saßen im Nebenzimmer der Löschauer-Toni und der Schloderer-Urban an einem Tisch beisammen. Einen größeren Gegensatz als die beiden gab es wohl kaum. Den Toni hätte man für eine verjüngte Ausgabe seines

Vaters halten können, er war auch Bauer mit Leib und Seele, während der Urban sich vom Acker abgewandt und eigene Wege gesucht hatte, die nicht immer klar und durchsichtig waren. Mit einem Wehrmachtslaster durchfuhr er die Lande, kaufte alles zusammen, was sich ihm bot, vertauschte es mit anderem und lebte auf seine Art ein geradezu königliches Leben. Der Urban hatte einfach alles. Schnaps und Zigaretten, Bohnenkaffee und Fleisch. Kürzlich hatte er einmal an die sechzig neue Bügeleisen aufgerissen. Am nächsten Tag waren sie schon wieder weg. Der Urban verstand es einfach, hatte eine Nase wie ein Spürhund, hatte ein Talent für abwegige Dinge und nannte das bei sich »eine Gabe Gottes«.

Soeben neigte er sich wieder flüsternd dem Toni zu.

»Also, wenn du eine Büchs brauchst, dann sag es. Morgen kann ich dir einen Kugelstutzen bringen, daß dir 's Herz im Leib lacht.«

»Ja, ich weiß ned. Besteht eigentlich das Gesetz noch, daß auf Waffenbesitz Todesstraf steht?«

»Geh! Wer pfeift sich denn heute da noch was drum? Und überhaupt, ihr habt doch die eigene Jagd! Wem gehört dann das Wild in eurem Revier? Wo steht denn geschrieben, daß euch die Jagdrechte genommen worden sind? Hast du schon so einen Schrieb gesehn?«

Toni schüttelte den Kopf.

»Na also! Wovor hast denn dann Angst?«

»Angst? Ich hab doch ned Angst! Ich will bloß nix Unrechtes tun.«

»Was ist in dieser Zeit Unrecht und Recht? Das mußt mir erst einmal erklären, Toni. Was reden sie denn dann allweil so großartig von Demokratie, wo man alles reden darf und ein freier Mensch sein soll. Ist des vielleicht Freiheit, wenn du oder dein Vater ned einmal in den eigenen Wald rausgehn dürft?«

»Rausgehn dürfen wir ja«, antwortete der Toni schwach.

»Aber schießen dürft ihr nix! Ned einmal euer eignes

Wild! Wem gehörn denn eigentlich die Hirschen und die Rehböck?«

»Wenn man dich so reden hört, Urban —«

»Ich will dir nix Unrechtes aufschwatzen. Bloß weil du mein Freund bist, tät ich dir eine Büchs besorgen. Daß du endlich wieder einmal auf einen anständigen Bock schießen kannst. Juckt dich denn das gar ned?«

»Und wie!« Der Toni trank von seinem Bier und klappte den Deckel zu. »Du hast ja gar keine Ahnung ned, wie mir zumut gewesen ist, wie ich vor Wochen noch die Hirsch hab röhren hören. Wie mir da die Händ zittert haben! Und ich hab mir die Ohren zugehalten, daß ich's nimmer hab hören müssen.«

»Na, siehst es! Es liegt dir halt im Blut. Löschauerblut ist ja keine Rührmilch.«

Der Toni stützte den Kopf in die Hände. Sein schmales Gesicht glühte. Der Urban konnte so überzeugend reden. Nach einer Weile fragte er: »Und was tät es denn kosten, wenn du mir eine Büchs verschaffst?«

Der Urban lächelte, und in seinen wasserhellen Augen glomm etwas auf. »Möchst mich beleidigen, Toni? Entweder bin ich dein Freund, oder ich bin es ned. Ich werd von dir was verlangen! Da tät ich mich bis in den Boden hinein schämen!«

Immer leichter wurde dem Toni ums Herz. Der Urban hatte ganz recht, warum sollte man in dieser Zeit nicht auch irgendwo seine Freude haben. Aber dann kamen ihm andere Bedenken.

»Was tät es mir nützen? Ich könnt den Bock ned heimbringen. Der Vater ist da so komisch.«

Da mußte der Urban lächeln und sprach dann mit seiner hellen Fistelstimme eindringlich weiter.

»Wenn es weiter nichts ist! Abnehmer bin ich jederzeit. Du schießt das Stuck, hinterlegst es irgendwo, und alles andere überlaßt mir. Was meinst denn du, was man für so einen Rehbock kriegt, von einem Hirsch mag ich gar ned reden! Kürzlich hat mir einmal einer aus München ein Klavier angeboten, wenn ich ihm einen Rehbock bringen könnt.«

»Klavier brauch ich keins«, sagte der Toni.

»Es gibt auch andere Sachen grad genug. Kompensieren heißt man das. Du, jetzt, glaub ich, gibt's was zu essen!«

Die ersten Portionen wurden aufgetragen. Riesige Berge von Knödeln, dampfende Schüsseln mit Hirschragout. Messer und Gabeln klirrten, mit wahrem Heißhunger stürzten sich die Männer über diese langentbehrte Spezialität und lobten den Adlerwirt, weil er sich des »verunglückten« Hirschkalbs erbarmt hatte.

»Zuwenig essigsauer, mein ich«, sagte der Urban, als er den ersten Brocken probiert hatte. »Zuwenig lang eingebeizt vielleicht.«

»Mir schmeckt es«, antwortete der Toni. Und nachdem er den halben Teller bereits geleert hatte: »Wann könnt ich denn die Büchs haben?«

»Wie ich g'sagt hab, morgen. Wartest hinter eurer Kapelle auf mich, dann komm ich.«

»Wann?«

»Sagen wir um sieben Uhr.«

»Und wie schaut es mit der Munition aus?«

»Meinst, daß ich dir ein Gewehr ohne Munition liefere?«

»Aber du mußt mir sagen, was das kostet.«

»Jetzt fangt er schon wieder damit an! Von einem guten Freund wirst doch ein Geschenk annehmen?«

»Na ja, wenn du meinst.«

»Das heißt, einen kleinen Gefallen könntest mir schon tun«, sagte Urban, indem er den Rest in seinem Teller mit einer Semmel austunkte.

Der Toni war bereits fertig, lehnte sich zurück und verschränkte die Arme über der Brust.

»Also doch! Ich hab mir's ja gleich denkt, daß noch was dahintersteckt.«

»Kaum nennenswert, Toni. Bloß —«, der Urban zog eine

Zigarettenschachtel aus der Tasche und hielt sie auch dem Toni hin, »es ist bloß — ich hab halt gemeint, daß du bei deiner Schwester ein gutes Wort für mich einlegen könntest.«

»Bei der Barbara?«

Urban nickte und zog ein paarmal hastig an seiner Zigarette. »Ich kenn mich ned recht aus mit ihr. Einmal ist sie freundlich und zugänglich wie ein gutes Hunderl, und dann wieder kratzbürstig wie eine Wildkatz.«

Der Toni mußte lachen. »Ja, da hast du recht, Urban! Launen hat sie manchmal, daß man erschrecken könnt. Aber vielleicht liegt's an dir? Du bist doch sonst mit allen Wassern gewaschen. Aber wenn du meinst, ich kann ja einmal reden mit ihr.«

Draußen war inzwischen die Dämmerung gefallen, in der Wirtsstube brannten die Lampen, und der Stimmenlärm wurde immer lauter. Auf einmal stand der Löschauer unter der Tür des Nebenzimmers.

»Bleibst du noch da, Toni?«

Der Toni schaute in sein Bierkrügl. Es war leer.

»Ich geh mit, Vater. Ich muß bloß noch zahlen.«

Urban schob dem Toni die Zigarettenschachtel hin. »Da, schieb sie ein.«

»Hast du soviel?«

»Stangenweis. Ich bring dir morgen ein paar Stangen mit.«

»Ich rauch ja kaum was.«

»Kaiberl, unschuldiges!« lachte der Urban. »Für zwei Stangen Zigaretten krieg ich tausend Dachziegel.«

»In was alles du verwickelt bist!«

»Das gibt sich alles ganz von selber, Toni. Du glaubst ja gar ned, wieviel Türln sich öffnen, wenn man es versteht.«

»Und du verstehst es. Bloß bei der Barbara verstehst es ned.«

Sie reichten sich die Hand. Der Löschauer wartete unter

dem Vordach, hatte den Kragen seiner Überjoppe hochgeschlagen und zog an seiner erloschenen Virginia. Es schneite in großen Flocken, vom Kirchturm schlug es sieben Uhr. Beim Ködlmoar brannte hell die Hoflampe, und sie hörten ein Pferd aus dem Stall wiehern.

»Gut war's, das Ragout«, begann der Toni ein Gespräch.

»Zuwenig lang in der Beiz ist es gelegen«, antwortete der Löschauer. »Aber der Adlerwirt kann auch nit abwarten. In vierzehn Tag wär's grad recht gewesen.«

»Wer wird denn den Hirsch geschossen haben?«

»Ich.«

Betroffen blieb der Toni stehen.

»Das ist doch ein Witz?«

Der Löschauer versuchte die Virginia wieder anzuzünden. »Zwei Jahr lang hab ich's ausgehalten, dann hat es mich gepackt.«

»Hast denn du noch ein Gewehr?«

»Direkt aufs Blatt hab ich troffen.«

Da standen sie bereits vor dem hellerleuchteten Hof.

Einige Wochen später. Es war bereits Adventzeit. Um fünf Uhr nachmittag begann es schon zu nachten. Der Schnee lag hoch, und die Kälte zauberte Eisblumen an die Fenster.

Beim Söller droben waren sie völlig eingeschneit. Sie schaufelten nur das Notwendigste an Schnee weg; die Gred entlang, vor den Stalltüren zum Misthaufen hin, zum Schupfen hinüber und zur Milchkammer, die im Erdgeschoß des kleinen Zuhäusels untergebracht war.

Zur Straße hinunter führte eine schmale Schlittenspur, weil sie die vollen Milchkübel jeden Morgen bei der Kreuzung abzustellen hatten. Der weitere Weg ins Dorf Riedenegg war dann nur mehr ein schmaler Trampelpfad, den die Kinder traten, weil sie zur Schule hinunter mußten.

Am zweiten Adventsonntag saßen sie beim Söller alle zusammen in der warmen Stube. Die Söllerin hatte die

Brille aufgesetzt und las die Kirchenzeitung. Der Bauer hatte es sich auf der Ofenbank bequem gemacht, rauchte seine lange Pfeife und sah den Kindern zu, die mit der Martha am Boden spielten. Das jüngste schlief in einem Wäschekorb, hatte einen Stoffschnuller im Mund und einen Teddybären, dem beide Arme fehlten, in den kleinen Händen.

Es war recht gemütlich. Auf der Herdplatte brieten ein halbes Dutzend Äpfel, die von den Kindern immer mit einem gespitzten Zündholz umgedreht wurden, bis sie gar waren. Dann legte man neue auf.

Da sagte der Pepperl, der auf der Fensterbank kniete und in den Schnee hinausstarrte: »Da dimmt einer.« Er konnte das »k« nie aussprechen.

Der Söller stand auf und schaute hinaus. Langsam spurte da einer mit den Skiern den Berg herauf.

»Das ist der Löschauer-Toni, wenn mich ned alles täuscht.«

Schon war die Martha hochgeschnellt und auch ans Fenster getreten. Flammende Röte huschte über ihr Gesicht. Dann strich sie sich das Haar an den Schläfen zurück.

»Was will denn der?« fragte die Söllerin und nahm die Brille ab.

»Wie soll denn ich das wissen?« meinte der Söller und schaute die Martha an, blinzelte ihr zu und setzte sich auf die Ofenbank zurück.

Da war der Toni schon heran, schnallte die Skier ab und lehnte sie an die Hauswand. Man hörte, wie er sich die Schuhe abstampfte, dann wurde schon an die Stubentür geklopft.

»Nur herein«, sagte der Söller gut gelaunt, froh darüber, daß jemand in die Einsamkeit heraufkam.

»Grüß Gott beinander«, sagte der Toni, nahm die Wollmütze ab und öffnete den Anorak am Hals. Dann reichte er dem Bauern die Hand, dann der Bäuerin, streichelte den Kindern über die Köpfe, und ganz zuletzt erst streckte er Martha die Hand hin.

»Grüß dich, Martha.«

»Grüß dich, Toni. Magst dich ned niedersetzen?«

»Aber gern!« Er setzte sich auf die Bank, die um den Tisch führte. »Euch hätt es ja bald ganz eingeschneit da heroben.«

Er sah, daß alle Augen neugierig auf ihn gerichtet waren. Aber das störte ihn nicht. Er sah nur die Martha an, ihre Züge waren jetzt entspannt, und ihr Herz klopfte. Sie wollte ihre Freude auch gar nicht verbergen, aber es kam ihr doch recht gelegen, als die kleine Mariele sich an ihre Knie lehnte. So konnte sie das Leuchten ihrer Augen an das Kind verschenken, und ihre Hand konnte streicheln. Über das blonde Haar des Kindes.

»Du mußt dich verfahren haben«, meinte der Söller und stopfte seine Pfeife von neuem.

»Eigentlich ned«, lachte der Toni unbekümmert, drehte sich ein wenig und legte Martha die Hand auf die Schulter. »Ich wollt des Dirndl da wiedersehn.«

»Ah so«, sagte die Bäuerin mit saurer Miene, fügte dann hinzu: »Koch Tee, Martha.«

»Wegen meiner ned«, wehrte der Toni ab. »Auf Tee bin ich ned scharf.«

»Aber ein Stückl Gselchtes probierst«, bestimmte der Söller und warf einen Blick auf seine Bäuerin. Das sollte nur sie herrichten.

Dann unterhielten sich die beiden Männer über landwirtschaftliche Dinge und äußerten sich kritisch über die augenblicklichen Zustände. An Martha richtete er kaum einmal das Wort. Aber ihr war es schon Seligkeit genug, daß er so offen bekannt hatte, nur ihretwegen gekommen zu sein, daß sie neben ihm sitzen konnte, sein Gesicht betrachten durfte und seine Hände, die das Selchfleisch in kleine Stücke schnitten. Dann probierte er den selbstgebrannten Schnaps des Söller, stieß mit ihm an und lobte ihn.

Wo nur gerade die Zeit so schnell hinkam! Draußen

wollte es schon wieder dämmern, und die Söllerin begann bereits den Zylinder der Petroleumlampe mit Zeitungspapier blank zu wischen. Als die Kuckucksuhr die vierte Nachmittagsstunde schlug, stand der Toni auf.

»Ich bedank mich recht schön für die Jausen. Und — bleibts alle gesund den Winter über. Und du, Martha, begleitest mich raus?«

Er streichelte den Kindern wieder über die Köpfe und wartete, bis Martha sich ihr Wolljäckchen geholt hatte.

Sie gingen am Stall entlang zur Tennbrücke. Toni hatte den Arm um die Schultern des Mädchens gelegt und sagte:

»Ich hab dich einfach wiedersehen müssen, Martha. Aber es ist ned das richtige, so in der Stubn zu hocken bei all den andern. Ned einmal ein Bußl kann man sich geben!«

Er zog sie fest an sich. Martha spürte, wie ihr Herz rasend zu klopfen anfing. Dann schlang sie die Arme um seinen Hals. Wie wunderbar das war, so ganz frei und ohne jede Hemmung konnte sie ihn küssen und seine Küsse hinnehmen. Dazwischen flüsterte sie:

»Im Frühjahr, Toni — im Frühjahr wird alles leichter sein. Da zieh ich wieder auf die Alm.«

Da mußte der Toni lachen. Er faßte sie an den Schultern und schüttelte sie hin und her.

»Du hast eine Ruh beinander! Bis zum Frühjahr, sagt sie! Weißt du, wie lange es da noch hin ist und ob ich so viel Geduld haben werd? Ich mein, es ist besser, mein Herzerl zeigt mir jetzt des Fensterl, hinter dem es schläft.«

Sie deutete den Stall entlang.

»Das erste Fenster neben der Stallmauer. Aber das hilft dir ned viel, Toni. Die Bäuerin schläft schlecht und hört alles. Außerdem ist auch der Hund da, der meldet alles.«

»Hund fürcht ich keinen«, meinte der Toni und spürte schon wieder ihren Mund auf dem seinen.

»Sag, Toni, warum hast du meiner Mutter das viele Holz gebracht?«

»Warum? Ist denn das so schwer zu erraten? Weil ich dich

ganz einfach gern hab, Martha.« Er riß sie noch mal an sich. »Narrisch gern, Martha!«

»Warum bist denn dann so lang ned kommen?«

»Weil ich allweil gehofft hab, ich könnt dich im Dorf einmal treffen. Da rauf geh ich ned gern. Die Söllerin schaut ja drein wie ein Feld voller Teufl.«

Sie strich ihm über Stirn und Wangen, zärtelte mit den Lippen über seine Augen und Lippen hin und gestand ihm dann mit herzerfrischender Ehrlichkeit:

»Mei, Toni, hab ich dich gern.«

Sie hätte ihm gerne noch mehr gesagt, vom Klopfen ihres Herzens, wenn sie an ihn denke, von ihren Träumen, in denen er so oft umeinandergaukle und von vielem anderen noch. Aber vorne war die Haustür aufgegangen. Die Söllerin blinzelte in die Dämmerung.

»Martha!« rief sie. »Mußt dich erkälten?«

»So eine Bißgurn!« grollte der Toni und schrie nach vorne: »Ich halt sie schon warm, Söllerin! Tu nur du dich ned erkälten!«

Wütend wurde die Haustür zugeschlagen. Aber nun mußte der Toni doch an die Abfahrt denken. Er schnallte die Skier an und griff nach den Stöcken.

»Ich komm bald wieder«, sagte er, dann verschwand er in der Dunkelheit.

Im Winter des Vorjahrs hatte Martha dieses Abgesperrtsein auf der Höhe, diese Abgeschlossenheit von der übrigen Welt, die grenzenlose Einsamkeit im Schnee gar nicht so empfunden wie heuer. Heuer war es einfach schrecklich. Die Schneeberge schienen ihr wie ein Grabmal zu sein, darin ihre Liebe begraben zu werden drohte. Nebel verhüllten jede Sicht, und wenn die Sonne wirklich einmal ein bißchen durchkam, der Blick in die Ferne blieb dennoch verschlossen.

So also war es, wenn man Sehnsucht hatte nach einem Menschen. Dieses Herzbeben, das Steigen und Sinken des

Blutes, das Bedürfnis, Zärtlichkeiten zu verschenken und noch mehr davon zu empfangen.

Die Söllerin machte es ihr recht schwer. Sie malte ihr in düsteren Farben die Enttäuschung, die sie erleben würde, ja zwangsläufig erleben müsse. Ja sie fragte eines Tages sogar:

»Ich glaub gleich gar, du bildest dir ein, daß der Löschauer es ernst meint mit dir?«

»Das bilde ich mir ned ein, das weiß ich.«

»Siehst du!« triumphierte die Bäuerin. »Das ist der Hochmut! Der läßt dich auf eine Leiter steigen, von der du eines Tages runterfallen wirst!«

»Dann brauchst du mich ned aufzufangen!«

Ja, viel Trotz sammelte sich bei Martha an, wenn die Bäuerin hetzte und stichelte. Mit Trotz und gespielter Gleichmütigkeit ertrug man es leichter. Im Innern war ihr aber ganz anders zumute. Da sang ihr Blut heimliche Weisen, und das Nachtdunkel zauberte oft Tonis Gesicht vor ihr rufendes Herz.

Eines Nachts, kurz vor Weihnachten, riß ein Geräusch sie aus dem Schlaf. Was war denn das? Jetzt wieder. Klopfte da nicht jemand ans Fenster? Aufrecht saß sie im Bett und preßte die Hände über das stürmisch klopfende Herz.

»Martha! Geh, mach mir doch auf!«

Ihr Atem schien zu stocken. Der Toni! Mitten in der Nacht!

»Möchst mich erfriern lassen da heraußen, Herzerl?«

Nein, erfrieren konnte und wollte sie ihn nicht lassen. Sie schloff in ihren Lodenmantel und öffnete das Fenster.

»Toni, was tust denn? Wenn's die Bäuerin hört!« Sie zitterte vor Glück und Kälte.

»Das is ja bloß der Neid bei der Bißgurn«, lachte er leise. Dann schwang er sich in die Kammer, schloß behutsam die Fensterflügel hinter sich und breitete seine Arme aus. »Dirndl, herzigs! Ich hab's nimmer aushalten können ohne dich. Wiedersehen hab ich dich müssen, und wenn es dreißig Grad Kälten hätt!«

Er küßte sie, daß sie ganz schwindlig und willenlos wurde. Dann ließ er sie los.

»Schlupf nur gleich wieder in dein Betterl eine, sonst frierst!«

Sie tat es gehorsam, wäre auch gehorsam in den Schnee hinausgegangen, wenn er es gefordert hätte. Die Decke zog sie bis ans Kinn hinauf, schluckte und schaute ängstlich auf sein Tun. Er saß auf dem Bettrand und schnürte seine Schuhe auf.

»Was tust denn?« flüsterte sie mit engem Atem.

Es war so dunkel in der Kammer, daß sie nicht das Weiß seines Pullovers sah, den er jetzt über den Kopf zog. In ihrer Angst griff sie nach dem Nachtkastl, wo Zündhölzer und ein Kerzenleuchter waren. Und da sah er ihre großen, angstvollen Augen. Behutsam schob er seinen Arm unter ihren Nacken.

»Brauchst keine Angst zu haben, Martha. Ich rühr dich ned an! Komm, Dirndl, rutsch ein bißl. Es ist kalt da heraußen.«

Er ließ die rauhe Wolldecke zwischen ihrem und seinem Körper und merkte, daß die Angst nicht mehr so in ihr flatterte. Seine Lippen streiften über ihr Gesicht, er streichelte ihr Haar, das in schweren Zöpfen niederhing, und tat überhaupt nichts, was ihre Angst hätte zurückrufen können. Er spürte das Vertrauen, das ihm entgegenkam, und wußte, daß er sie nicht enttäuschen durfte. Auch wenn es schwerfiel. In dieser Nacht wußte er, daß er es ernst meinte mit ihr, daß das kein Abenteuer war, wie er es schon ein paarmal erlebt hatte, sondern die Liebe selber. Die Liebe zu einem Menschenkind, wie er sie bisher noch nie empfunden hatte.

Sie bat ihn, von sich zu erzählen. Und so kam er ins Reden. Er erzählte, wie er durch die Hölle des Krieges gejagt worden war und daß er Gott danke, weil er ihn aus dem Grauen heimgeführt habe, denn sonst hätte er nie diese Stunde erleben dürfen. Dann wollte er sich hinüberbeugen und die Kerze auslöschen. Aber sie hielt mit der einen Hand sein Gesicht zurück.

»Laß sie brennen, Toni. Kann ja sonst dein Gesicht nimmer sehn. Komm, erzähl weiter, Toni. Was meinst du, was deine Leut sagen würden, wenn sie wüßten, daß du bei mir bist?«

»Auf die Frage hab ich gewartet, Dirndl. Laß dir sagen: erstens wissen sie es ned, und zweitens bin ich kein Schulbub nimmer. Wenn es einmal an der Zeit ist, werd ich's ihnen schon selber sagen. Mein Vater ist keiner von denen, die in der alten Zeit stehengeblieben sind. Der weiß besser wie andere, was es fürs Bauerntum geschlagen hat und daß man froh sein muß, wenn ein arbeitsames, anständiges Mädl überhaupt noch in einen Bauernhof einheiraten mag.«

»Zum Heiraten, Toni — da werd ich dich nie drängen.«

Darauf schwiegen sie beide eine lange Zeit. Sie hörten den Wind um das Haus gehen und einmal auch den Hund im Stall anschlagen, wohin man ihn der Kälte wegen gebracht hatte. Für alle Fälle hatte sich Toni eine geräucherte Wurst mitgenommen. Auf die fiel jeder Hund herein, wenn er nicht dressiert war. Einmal schlug auch ein Pferd an die Bohlen. Dann war es wieder still. Den Arm unter ihrem Nacken, lag der Toni so ruhig da und rührte sie nicht an, daß sie beinahe Sehnsucht bekam nach seinen Küssen. Alle Angst war fortgeweht.

»Wie spät wird's schon sein?« fragte sie.

Er hob seinen Arm mit der Uhr daran gegen das Kerzenlicht.

»Viertel nach zwei.«

»Was? Wo ist denn bloß die Zeit hinkommen? In zwei Stund beginnt mein Tagwerk schon wieder!«

»Zeit wird's, daß 's Frühjahr kommt«, flüsterte er, und es war, als schwinge Verdrossenheit in seiner Stimme. »Muß ich dann allweil noch so brav sein?«

Sie nickte ernsthaft, hätte auch gar nicht gewußt, was sie in ihrer Verwirrung hätte antworten sollen.

Während er seine Schuhe zuschnürte, saß sie aufrecht im Bett und schaute ihm zu. Die Hände hielt sie fest ineinandergekrampft, weil sie versucht war, seinen Kopf an sich zu reißen und an ihre Brust zu betten. Das gleiche hatte auch er im Sinn, aber dann sprang er doch mit einem Satz zum Fenster hinaus. Die Martha horchte seinen Schritten nach, die im Schnee knirschten. Dann schloß sie das Fenster und kuschelte sich ins Bett. Aber sie war nun nicht mehr allein, sein Atem war noch da, seine Stimme, seine warme, dunkle Stimme. Sie lag noch lange wach und war kaum eingeschlafen, als eine Faust an ihre Tür pochte und die schlaftrunkene Stimme des Söller rief:

»Zeit ist, Martha! Aufstehn!«

Dann kam endlich der Frühling. Und wie er kam! Mit Ungestüm warf er sich über das Land und zeigte den Menschen die urewige Kraft des Werdens, des Auferstehens und des Blühens.

Die alte Stöchertin, die vorgab, den Menschen ihr Schicksal aus der Hand lesen zu können, und die mit Orakelsprüchen aufwarten konnte, deutete diesen Frühling so, daß er sehr lange dauern werde und daß Gott ihn den Menschen schenke als Entschädigung dafür, daß sie so lange in dunklen Jahren hatten leben müssen.

Sie selber hätte auch Grund gehabt, dem lieben Gott zu danken, weil er so viele Menschen mit Einfalt gesegnet hatte. In dunkler Nachtstunde kamen sie heimlich zu ihr, mit sauber gewaschenen Händen, weil sie sonst die Linien nicht richtig deuten könne. Auch der Schloderer-Urban kam zu ihr, sah sie mit seinen rotgeränderten Augen zwingend an und wollte von ihr wissen, zu welchem Zeitpunkt er den Stolz der schönen Barbara vom Schlegl am Holz brechen könne. Ferner interessierte ihn, ob seine Geschäfte weiterhin so blühen würden, und erst als ihm die Stöchertin für das erste Anliegen den späten Sommer genannt und für das zweite überhaupt keine Änderung sah, nahm der Urban ein Paket mit zwei Pfund Bohnenkaffee aus der Aktentasche und schob sie ihr als Honorar hin.

Ach, es kamen so viele zu dieser Alten und wollten sich ihre Wege deuten lassen. Nur die beiden Liebenden, die Martha Reiner und der Anton Löschauer, die kamen nicht zu ihr. Sie wußten um ihr Glück, das tief in ihren Herzen ruhte. Sie waren nicht einfältig genug, um sich aus den Handlinien sagen zu lassen, was sie tun sollten oder nicht. Sie wußten das genau, hatten die Brücke geschlagen von Herz zu Herz, darüber sie nachtwandlerisch sicher wanderten, die Stirnen frei und stolz dem Frühlingswind darbietend, stark in ihrer Treue zueinander und fest in ihrem Glauben, unbeugsam in ihrem Willen, vor allem zu bestehen.

Eigentlich hätte Anton Löschauer nie geglaubt, daß er sich so stark an ein Mädchen verlieren könnte. Sie war nicht die erste, aber gegen sie waren die paar andern Nachtschattengewächse gewesen. Von Martha ging eine solch starke Ausstrahlung aus, sie zog ihn in das Licht ihrer Seele hinein wie ein Magnet. Und darin fühlte er sich geborgen, sie war wie Herdwärme, immer leicht nachglühend nach einem Sturm der Gefühle. Und sie blickte zu ihm auf, nicht in demütigem Gehorsam, sondern im Bewußtsein, daß die Stärke seines Charakters sie behüten würde ihr ganzes Leben lang, das durch ihn erst Sinn und Bedeutung bekommen hatte.

Es kam der Tag, an dem die Martha mit dem Vieh zur Alm hinaufzog. Der Söller fuhr den Almkarren, auf den Geschirr, Kartoffeln, Mehl und Brot geladen waren, hinterdrein. Er blieb den ganzen Tag oben, es gab da und dort etwas zu richten an den Zäunen und in der Hütte selber. Bevor er talwärts fuhr, genoß er noch eine Weile den Frieden ringsum. Er saß im Schatten einer alten Esche, den Rücken an den Stamm gelehnt, die Füße weit von sich gestreckt, die Hände über dem Bauch gefaltet. Kein Wölkchen war am Himmel, die Gipfel der Berge waren in gleißendes Sonnenlicht gebadet, dunkel und schwarz stand der Bergwald unter ihnen, und wenn ein Windhauch über die Hunderttausende von Wipfeln ging, hörte man ein sanftes Rauschen, das sich wie Atemholen anhörte.

»Mein Gott, wär's da schön heroben«, seufzte der Söller und schaute dabei zur Martha hin, die mit Putzlumpen und Besen die hölzerne Gred sauber machte. Wie flink dem Mädl alles von der Hand ging! Jetzt richtete sie sich auf und strich mit dem Arm über die erhitzte Stirn.

»Bleibst halt ein paar Tag heroben«, meinte sie.

Traurig schüttelte er den Kopf. »Was meinst denn, wie sie plärr'n tät, wenn ich ned rechtzeitig heimkäm! Kennst sie ja!«

Martha legte Besen und Putzlumpen weg, schüttete den Eimer mit dem schmutzigen Wasser in weitem Bogen aus und setzte sich dann auf eine der Steinstufen, die zur Hütte hinaufführten. Sie stützte das Gesicht in beide Hände und schaute den Söller an.

»Sag einmal, Bauer, hast denn ned früher schon gewußt, daß sie eine Harte ist?«

»Früher? Ja, Dirndl, wie soll ich dir das sagen. Weißt ja, daß sie aus dem Gäuboden stammt. Dort sind die Selbstg'schnitzten daheim. Wenn ich alle drei Wochen einmal zu ihr kommen bin, mei, da hat sie sich von der besten Seiten gezeigt. Matthiaserl hin und Matthiaserl her. Und die besten Schmankerln hat sie mir aufgekocht. Von der Seiten hab ich dann auch alles gesehn, und Geld hat sie auch einen ganz schönen Batzen mitbracht. Ich hab Schulden gehabt, weil ich meine Geschwister auszahlen hab müssen, und da ist mir ihr Heiratsgut grad recht kommen. Kaum aber ist sie auf meinem Hof gesessen, hat sie ihr wahres Gesicht gezeigt.« Er schüttelte heftig den Kopf. »Jetzt hab ich sie da, und losbringen tu ich sie nimmer.«

»Sie hat auch ihre guten Zeiten«, meinte Martha trösten zu müssen.

»Aber die sind selten. Weißt es ja.« Der Söller stand auf, steckte zwei Finger in den Mund und ließ einen Pfiff ertönen. Der Grauschimmel kam hinter der Hütte hervor, wo er gegrast hatte. Der Söller legte ihm das Geschirr an und spannte ihn vor den Karren.

»Also dann, Martha, behüt dich Gott und —«

»Was und?«

»Jetzt hätt ich bald g'sagt: bleib brav.«

Die Martha lachte, so wie man über einen Scherz lacht. »Du wirst doch ned um mein Seelenheil Angst haben?«

»Wär das so unnatürlich?«

Sie stand jetzt so nah bei ihm, ganz anders als vor einem halben Jahr noch. Sie trug den Kopf freier, stolzer, und in ihren Augen leuchtete ein wunderschöner Glanz.

»Ja«, sagte sie jetzt, »das wär ganz und gar unnatürlich, denn für mich bin ich ganz allein verantwortlich.«

»Wenn du meinst?« Der Söller griff nach den Zügeln. »Sei nur auch ein bißl vorsichtig, Martha, ich mein, wenn du schon was verstecken mußt, dann versteck es so, daß nie ein Verdacht auf dich fällt.«

Über Marthas Gesicht huschte ein Schatten, und ihre Brauen zogen sich eng zusammen.

»Ich versteh ned, Bauer, was du meinst.«

»Ganz sicher wird einer kommen, wird sein Gewehr bei dir verstecken und auch das Wildbret.«

»Wen meinst du da?«

»Muß ich dir das wirklich sagen? Der Löschauer-Toni läßt es hin und wieder schnallen.«

Der Martha blieb fast der Atem weg. Das war etwas ganz Neues für sie. Der Toni hatte nie mit ihr darüber gesprochen. Was wußte der Bauer vom Toni? Sie hatte nicht den Mut, zu fragen. Es war auf einmal eine kleine Angst da.

Der Söller stieg auf den Karren, drehte schon im Wegfahren noch mal den Kopf und sagte: »Komm wieder so heim, wie du heut rauf bist!«

»Was meinst jetzt damit wieder?«

»Muß ich dir das wirklich sagen?«

Flammende Röte schlug in ihr Gesicht. Nachdenklich und mit schmalgeklemmten Augen schaute sie hinter dem Fuhrwerk her, das auf dem steinigen Weg heftig hin und her schaukelte, bis es dann im Wald verschwand.

Martha wußte, daß sie die ganze Woche über allein sein würde. Der Weg hier herauf war weit. Aber am Samstag, das hatte der Toni versprochen, würde er kommen.

Am Nachmittag war ein Gewitter niedergegangen, ein ziemlich heftiges, mit Donnerschlägen, die die Hüttenfenster hatten erzittern lassen. Jetzt rumpelte es weit in der Ferne, und zuweilen zuckte noch ein Blitz aus der Dämmerung, der sich aber eher wie Wetterleuchten ansah.

Sie hatte die Kühe gemolken und wieder auf die Weide hinuntergelassen. Dumpf dröhnte die schwere Glocke der Leitkuh, dazwischen klingelten hell ein paar Kälberschellen. Gewaschen und umgezogen saß die Martha vor der Hütte, hatte sich ein wollenes Jäckchen um die Schultern gelegt und die Hände im Schoß gefaltet.

Die Dämmerung wuchs und wuchs, schon blinkten die ersten Sterne über den Bergen. Und immer mehr wurden es. Und so wie die Sterne wuchsen, so wuchs auch die Angst in Marthas Herzen. Wie unruhig es pochte, wie der Puls hämmerte! Ob er gar nicht käme? Hatte sie ihm nur zum Zeitvertreib den Winter über gedient? Aber dann rief sie sich sein Gesicht ins Gedächtnis, seine Augen, seinen Mund.

Da — war da nicht ein Schritt zu hören gewesen? Martha schnellte in die Höhe.

»Toni...?« rief sie in die Dunkelheit. Da sah sie, wie sich ein Schatten über das Gatter schwang. Im nächsten Augenblick lag sie in seinen Armen. In der Art, wie er sie an sich drückte, wie er sie streichelte und küßte, spürte sie, daß auch er voller Sehnsucht nach ihr war. Er hätte gar nicht zu sagen brauchen:

»Dirndl, Dirndl, wie ich mich gesehnt hab! Und wie lang so eine Woche sein kann!«

»Meinst denn, daß es mir anders gegangen ist, Toni? Komm, gehn wir in die Hütte, es wird frisch heraußen.«

Er legte den Rucksack ab, brachte eine große Tüte mit Bohnenkaffee zum Vorschein, ein paar Büchsen mit Cornedbeef und eine Schachtel Pralinen. Voller Stolz breitete er die Sachen vor ihr aus. Mit glücklichem Lächeln sah sie ihm zu.

»Ja, wo hast denn du die kostbaren Sachen her? Ein gewöhnlicher Sterblicher kommt doch an so was heutzutags ned.«

Toni schlang den Arm um ihre Hüfte und zog sie auf seine Knie. »Erstens bin ich kein gewöhnlicher Sterblicher ...«

»Das ist Hochmut!« meinte sie und tippte mit der Fingerspitze an seine Nase.

»Zweitens hab ich Beziehungen.«

»Die heißen Schloderer-Urban, gell?«

Er nickte und zärtelte sie wieder.

»Und drittens — darf ich dir denn keine Freud machen?«

»Daß du da bist, ist schon Freud genug. Aber der Schloderer — ich weiß ned, Toni, daß der dein Freund sein kann. Etwas sagt mir, der meint es ned ehrlich. Seine Augen schon —«

»Ja, ich weiß, die könnten einen schrecken. Aber man gewöhnt sich dran.«

Auf einmal fiel es ihr ein, sein Gesicht in die Hände zu nehmen und ihm fest in die Augen zu sehen.

»Sag, Toni, ist es wahr, daß du wilderst?«

Ohne seine Augen niederzuschlagen oder gar verlegen zu sein, antwortete er ganz ruhig: »Ja. Wer hat dir denn das g'sagt?«

»Der Söller.«

»Der darf still sein! Der schaut ja selber krumm! Oder willst du behaupten, daß es beim Söller nie Rehfleisch gegeben hat? Na also! Und außerdem, ich wilder ned in einem fremden Revier. Wo ich hingeh, da ist unsere eigene Jagd. Jetzt wart ich grad noch drauf, daß du sagst, ich soll es bleibenlassen.«

Sie war schon wieder beruhigt, schlang die Arme um seinen Hals und kuschelte das Gesicht an das seine.

»Ich werd doch dir nix verbieten, Toni. Aber wenn ich dich recht schön bitten tät, könntest du es meinetwegen sein lassen?«

»Was du für Fragen stellst, Herzerl!«

»Laß nur gut sein, Toni. Gefahr ist doch da keine dabei, oder?«

»Überhaupt ned. Der Zustand dauert ja auch ned ewig. In ein paar Jahren dürfen wir sicher wieder auf die Jagd gehen.«

Wie seine Zuversicht sie beruhigte! Sie war schon wieder in weiches Sinnen zurückgefallen und atmete in dem tröstlichen Bewußtsein, daß nichts diese Liebe zerstören könne. Mit klaren und ruhigen Worten sagte ihr dies auch der Toni wieder.

»Uns zwei bringt nichts auf der Welt mehr auseinander.«

»Und wenn deine Leut gegen mich wären?« wollte sie wissen.

»Auch dann nicht, Martha. Aber darum mach dir keine Gedanken. Ich steh meinen Mann schon. Ganz abgesehen davon, wenn ich sag: die Martha und sonst keine, dann werden sie meinem Glück ned im Weg sein.«

Zum erstenmal waren sie ganz allein, ohne Angst haben zu müssen, die Söllerin könnte aufwachen. Allein in einer Almhütte, in der es so still war, daß man meinte, in den Brettern den Holzwurm nagen zu hören. Sie brauchten kein Licht, der Mond war aufgegangen und erhellte den Hüttenraum mit seinem Licht. Nur bis ganz hinten in die Ecke reichte es nicht mehr. Das Lager stand im Dunkeln.

Ihre Gesichter waren ohne Konturen, das glückliche Lächeln des Mädchens blieb ihm verborgen, aber auch so wußte er, daß außer seiner Liebe zu ihr in seinem Leben nichts anderes mehr Platz hatte.

Was draußen in der Nacht so leise murmelte, war das Quellwasser, das in den Brunnentrog rann und über den Rand des Troges hinausplätscherte, um in der Erde zu versickern.

Jeden Samstag kam der Toni auf die Alm, manchmal schon vor der Abenddämmerung. Dann saßen sie vor der Hütte und warteten darauf, daß der Wald schlafen ging, das Gezwitscher der Vögel verstummte und über den Bergen am dunklen Firmament die Sternblumen zu blühen begannen.

Und oft verließ er sie erst, wenn der Kuckuck in der Morgendämmerung zu rufen begann.

Wieder stieg ein Sonntagmorgen aus einer Nacht heraus, die nie ganz Nacht hatte sein dürfen, denn der Mond hatte sich wieder einmal gerundet und stand noch hoch am westlichen Himmel, als der erste Schein des neuen Tages ganz scheu hinter den Bergspitzen sich andeutete.

Vor dem Forsthaus zu Riedenegg, das etwas abseits vom Dorf lag, stand ein amerikanischer Jeep. Am Steuer saß der Major Fredrik Mores und wartete auf den Förster Rehbusch. Die Haustür öffnete sich, und nur mit Fernglas und Bergstock ausgerüstet, kam Rehbusch heraus. Jedesmal, wenn Mores den Förster abholte, tat es ihm leid, daß er ohne Gewehr kommen mußte. Aber über die Bestimmungen konnte auch er sich nicht hinwegsetzen. Bei Todesstrafe war es den Deutschen immer noch verboten, eine Schußwaffe zu besitzen.

Rehbusch war auf seine Weise glücklich, in Major Mores einen Weidmann kennengelernt zu haben, wie sein Jägerherz ihn sich nur wünschen konnte. Kein wilder Nimrod, sondern ein bedächtiger, ruhiger Mann, der mit der Natur verwachsen war und sich streng an die Jagdregeln hielt.

Das Dorf lag noch in tiefem Schlaf. Nur ein paar Hunde rissen wütend an ihren Ketten, als der Jeep vorbeifuhr, in ein Sträßlein einbog und dann ein gutes Stück den Wald hinaufkletterte bis zu einer alten Holzerhütte. Dort ließen sie ihn stehen und wanderten zu Fuß aufwärts.

In frommem Schweigen standen die alten Tannen, kaum ein Flüstern ging durch die Zweige, und manchmal sah man durch eine Lücke einen verblassenden Stern. Auf einmal war der dröhnende Ruf eines Kuckucks da, einmal, zweimal und viele Male.

Immer höher stiegen die beiden. Mit goldenen Händen streichelte der neue Tag die Wipfel. Von Baumkrone zu Tannenwipfeln spannten sich wie Goldgirlanden die zarten Sonnenbänder, unter denen dann langsam die Schatten wichen. Erst als sie dann weiter hinaufkamen, waren wieder leichte Nebelwellen da, die sie durchschritten. Und auf einmal bauten sich die Steinpyramiden der Berge vor ihnen auf, in tiefem Nachtblau in den unteren beiden Dritteln, nur das obere Drittel war vom Licht der kommenden Sonne schon rötlich umschleiert.

»Sonntag ist's, ein heiliger Friede...« summte der Förster Rehbusch vor sich hin. Sie blieben stehen, und Mores, dessen Großeltern aus Nürnberg stammten, nahm den Hut ab und wischte sich mit dem Rockärmel über die Stirn.

»Ja, Rehbusch, ein wunderschöner Sonntag.«

Er trug heute keine Uniform, sondern einen braunen Lodenanzug nach Bauernart, mit Kniehosen und Hirschhornknöpfen an der Joppe. Auf der Brust baumelte ihm ein großes Fernglas, die Büchse auf seinem Rücken funkelte.

Sie überquerten eine kleine Blöße. Dort drüben bei der Tannenschonung wollten sie ansitzen. Dort mußte der Zehnender kommen, den Rehbusch seit vierzehn Tagen für den Major ausgemacht hatte.

Sie saßen kaum, Mores hatte das Gewehr zwischen den

Knien und reichte gerade dem Förster die Zigarettenschachtel hinüber, da krachte ganz in der Nähe ein Schuß. Das Echo rollte fast lauter als der Schuß durch die Gründe.

Blaß geworden, sprang der Förster auf. »Das war am Jochgraben!«

Schon rannten beide in die Richtung, wo der Schuß gefallen war. Rehbusch hätte leicht eine andere Richtung nehmen können, aber er wußte, den Major konnte man nicht täuschen. Von Baum zu Baum huschten sie, bis der Major auf das Unterholz deutete und den Schritt verhielt.

Ganz deutlich hatte man ein leises Klirren vernommen, als wenn Stahl auf Stein schlägt. Kriechend zwängten sie sich durch das niedere Gehölz, vorsichtig darauf achtend, daß kein dürrer Ast knackte.

Und da — der Schreck nahm den beiden Männern fast den Atem. In einer kleinen Lichtung sahen sie einen Mann am Boden kauern und mit dem Messer hantieren. Dicht neben ihm lag das Gewehr. Unter seinen hastenden Händen stieg Dampf auf. Er riß die Eingeweide heraus und verhielt einen kurzen Augenblick.

Der Major Mores war fasziniert von der Ruhe dieses Wildschützen, der sich wahrscheinlich der Folgen gar nicht bewußt war. Ja es war beinahe so, als bewundere er diesen frechen Burschen. Es war der Förster, der aus alter Gewohnheit heraus zornig brüllte:

»Die Händ in die Höh! Sonst kracht es!«

Blitzschnell griff der Bursche nach seinem Gewehr und riß es hoch. Der Schuß krachte, und der Major drehte sich mit einem Schmerzschrei und glitt dann langsam zu Boden.

Der Förster Rehbusch stand einen Moment starr, als hätte der Schuß ihn getroffen. Dann schrie er hinter dem Flüchtenden her:

»Löschauer, halt! Es hat keinen Sinn mehr, Löschauer!«

Der Wildschütz aber hetzte mit weiten Sprüngen über Wurzelwerk und Stein, rutschte eine Moränenhalde hinab, riß sich dabei die nackten Knie blutig und kroch dann unter einen Wasserfall, unter dem er erschöpft liegen blieb.

Das war an einem Sonntagmorgen. Am siebenundzwanzigsten Juli 1947.

Drunten im Pfarrdorf Riedenegg läutete die einzige Glocke, die sie noch hatten, den Sonntag ein. Die anderen drei waren vor Jahren heruntergeholt und zu Torpedorohren umgeschmolzen worden. Das Rauschen des Wasserfalles war so stark, daß der Löschauer-Toni den Glockenruf nicht hören konnte. Hätte er das Läuten vernommen, weiß Gott, er hätte es wahrscheinlich als sein Sterbeglöcklein gedeutet, denn was ihm jetzt bevorstand, das konnte er sich an den fünf Fingern abzählen. Die Delikte waren eins so schwer wie das andere. Erstens bei Todesstrafe verbotener Waffenbesitz, zweitens hatte er gewildert, drittens hatte er auf einen Menschen geschossen, auf einen Offizier der Besatzungsarmee, wenn er ihn nicht gar erschossen hatte. Das hatte er nicht wollen, aber der Schreck, als er angerufen wurde, war ihm so in die Glieder gefahren, daß es bei ihm zu dieser Reflexhandlung kam. Aber Reflex hin, Reflex her, die Amerikaner würden das kaum als Milderungsgrund gelten lassen. Und nach den bestehenden Gesetzen war ihm der Strang sicher. Zwar war ihm das Sprichwort bekannt, daß die Nürnberger keinen hängen, bevor sie ihn haben, aber es waren ja nicht die Nürnberger, die hinter ihm her waren.

Er kauerte unter einem weit vorspringenden Felsen, über den das Wasser niederbrauste. Es erreichte ihn nicht, nur der Gischt sprühte über ihn hin und baute rings um ihn eine silbergraue Wand. Wenn er sich für den Augenblick auch in Sicherheit befand, so war er sich doch bewußt, daß seine Lage hoffnungslos verzweifelt war. Und das an einem wunderschönen Sonntagmorgen.

Der Nebel hatte sich verflüchtigt, der Wald atmete wie aus einem schweren Schlaf erwacht, und über den Bergen strahlte das Morgenlicht. Nur sah er von alldem nichts, denn vor ihm war die graue Wasserwand, links und rechts der Gischt, gleichsam ein Symbol seines künftigen Lebens, das in eine graue Sackgasse gemündet war, aus der es kein Entkommen gab. Die schrecklichsten Bilder gaukelten vor seinen Augen. Er sah, wie sie den Major auf einer Bahre hinuntertrugen, schwer verletzt oder gar tot.

Für ein paar Sekunden zuckte eine Hoffnung in ihm auf. War es überhaupt der Major Mores? Aber nein, das schmale, braungebrannte Gesicht des Major Mores war ihm nur zu gut bekannt, war er doch lange Zeit in Riedenegg gewesen und kam jetzt alle vierzehn Tage, drei Wochen hierher zur Jagd.

Die leise Hoffnung war schon wieder zusammengefallen. Er sah sich selber gejagt und gehetzt. Der Förster hatte ihn erkannt. Er sah den Vater, die Mutter, die Schwester, die sich um ihn sorgen und bangen würden und ihm doch nicht helfen konnten. Niemand konnte ihm helfen. Auch der Freund nicht, der Schloderer-Urban, der den Bock in Empfang nehmen und auf dem Schwarzmarkt veräußern sollte. Ganz sicher wartete er jetzt drunten beim Waldweiher auf ihn, so wie es ausgemacht war. Und nun war alles aus, alles zu Ende.

Er konnte sich nicht recht vorstellen, wie er in diese unglückliche Situation hatte kommen können. Wieso hatte man ihn aufgespürt? Warum hatte er gleich nach dem Anruf geschossen? War er zu sorglos ans Werk gegangen?

Nach etwa einer Stunde steckte er vorsichtig den Kopf etwas heraus. Wenn er heraus wollte, mußte er wieder den Sprung durch das fallende Wasser tun. Aber es blieb ihm ja schließlich nichts anderes übrig. Völlig durchnäßt sprang er in den schützenden Jungwald, bis er eine Lichtung fand. Dort streckte er sich ins Moos, drehte sich von der einen Seite auf die andere, bis dann seine Kleider in der Sonne zu dampfen und zu trocknen anfingen.

Von der Höhe herab hörte man das Geläut von Herdenglocken. Ein feiner Wind trug alles zu ihm her, das Almglockengeläut, das Rauschen der alten Bäume, das Gezwitscher der Vögel und vom Dorf herauf die Kirchenglocke, die zum Hochamt rief. Tausendfältige Grüße des Lebens, des herrlichen, so wundersamen Lebens. Und er lag verloren in dieser kleinen Lichtung, das Herz voller Not und Angst.

Die Kugel hatte Fredrik Mores in die linke Schulter getroffen und war im Schulterblatt steckengeblieben. Mit geschlossenen Augen saß er an einen Baum gelehnt, hatte die Hand auf die schmerzende Stelle gedrückt. Das Blut rann ihm durch die Finger, auf seiner Stirn stand kalter Schweiß. Die Lippen waren zusammengepreßt, und zuweilen zuckte es um sein scharfes Kinn. Rehbusch stand hilflos neben ihm. Schließlich beugte er sich nieder. Da öffnete Mores die Augen, sah wirr um sich, bis er Rehbusch erkannte. Ein verbittertes Lächeln zuckte um seine Mundwinkel.

»Ich lebe also noch.« Er betrachtete seine blutenden Finger. »Da hat man von der Normandie bis hierher Glück gehabt, und so ein lächerlicher Wildschütz ... Kommen Sie, Rehbusch, helfen Sie mir aus der Joppe. Nein, nein, langen Sie nur zu, ich werde nicht schreien.«

Behutsam schälte ihn der Förster aus der Joppe heraus. Erst als er dann die Wunde gesehen hatte, atmete er auf. Zum Glück hatte er ein sauberes Taschentuch bei sich, das er auf die Einschußstelle legte.

»Haben Sie Schmerzen, Herr Major?«

»Ist auszuhalten, Rehbusch. Aber schaun Sie einmal: Eine Handbreit tiefer, dann wär's ein Schuß mitten aufs Blatt gewesen. Dann gäbe es keinen Major Mores mehr, nur mehr eine Witwe in Los Angeles und drei unmündige Kinder. Verdammte Schweinerei! Wer war der Kerl?«

Rehbusch überhörte diese Frage und sagte:

»Wir müssen schaun, daß wir Hilfe kriegen, Herr Major. Die Wunde muß schnellstens behandelt werden. Wenn Sie sich auf mich stützen, vielleicht können wir bis zum Jeep kommen.«

»Lassen Sie mich noch etwas hier sitzen, Rehbusch. Ich frage Sie was anderes. Ein Jahr lang bin ich Ortskommandant von Riedenegg gewesen. Hand aufs Herz, Rehbusch, habe ich jemals unverdiente Härte im Dorf angewandt?«

»Nein, Herr Major.«

»Und trotzdem hat es einer auf mein Leben abgesehen gehabt.«

»So müssen Sie das nicht sehen, Herr Major.«

»Ja, ja, ich weiß schon, was Sie sagen wollen. Zwanzig oder mehr Jahre sind Sie mit der Büchse in den Wald gegangen, und nun stehen Sie mit einem Bergstecken neben mir. Und hundert anderen ergeht es genauso. Aber das Kontrollratsgesetz habe ich nicht gemacht, Rehbusch — und es wird auch nicht ewig bestehen. Einmal werden Sie und die anderen wieder wirkliche Förster oder Jäger sein, mit Büchse und Schußrecht. In einem Jahr vielleicht oder in zwei, ich weiß es nicht. Also, wer war der Kerl?«

Rehbusch hob die Schultern und ließ sie wieder sinken.

»Sie haben anscheinend die Situation noch nicht richtig erfaßt, Rehbusch«, sprach der Major weiter. »Angenommen, ich läge jetzt tot hier. Was glauben Sie, welche Komplikationen sich ergäben, für Sie, für die Gemeinde, für die ganze Einwohnerschaft! Die Militärregierung hat die Macht, Repressalien zu verhängen, so wie sie damals Quarantäne über Riedenegg verhängt hat, als der Lechnerbauer an Typhus gestorben war. Also, wer war der Kerl?«

Dem Förster lief es kalt über den Rücken. Natürlich war er sich der Folgen bewußt. Er dachte an das Dorf, an seine Menschen, an die Haussuchungen und sonstigen Schikanen. Sie hatten ja zu allem die Macht in der Hand. Auf der andern Seite dachte er an den Schlegl vom Holz, an den Balthasar Löschauer und seine Frau, über die nun das ganze Unglück hereinbrechen würde. Einen Sohn hatten sie im Krieg verloren, und jetzt auch noch dies! Nein, er brachte es einfach nicht übers Herz.

»Ich weiß es wirklich nicht, Herr Major.«

»Doch, Rehbusch. Sie wissen es. Sie haben ja seinen Namen gerufen.«

Bis jetzt hatte der Förster gehofft, daß der Major dies überhört hätte. Nun wollte die Falle doch noch zuschnappen.

»Löschauer haben Sie gerufen«, sprach der Major eindringlich weiter. »Der Bauer Löschauer also. Gerade auf den hab ich immer so viel gehalten. Hab ihn als einen klugen, charaktervollen Menschen betrachtet.«

Der Förster seufzte ein paarmal tief, dann schüttelte er den Kopf.

»Nicht der Löschauer war es. Sein Sohn, der Toni.«

»Na also, warum nicht gleich, Rehbusch! Haben Sie so wenig Vertrauen zu mir? Bin ich nicht immer gut gewesen zu Ihnen? Hab ich Sie nicht im Vorjahr zwei Böcke schießen lassen, obwohl ich mich damit strafbar machte?«

Der Förster nickte schwer, griff sich in den sauber gestutzten Kinnbart, von dem seine Frau Agnes sagte, daß ihn das Silbergrau erst angeflogen hätte, seit er nur mehr ein Förster ohne Waffe sein durfte. Dann raffte er sich auf.

»Was passiert dem Anton Löschauer, Herr Major?«

»Stellen wir die Frage einmal anders, Rehbusch. Angenommen, Sie würden einen Wilddieb dingfest machen, der auf Sie geschossen hat. Welche Strafe hätte er nach dem deutschen Strafrecht zu erwarten?«

In diesem Augenblick fuhr der Förster mit dem Gesicht herum. Ihm war, als hätte er ein Geräusch vernommen, als wenn jemand auf einen dürren Ast tritt. Dort drüben in der Schonung etwa? Aber es war schon wieder still, und er gab Antwort:

»Eineinhalb Jahre, höchstens zwei.«

»Ich weiß, bei euch wird Wilddieberei immer noch als Kavaliersdelikt gewertet. Sie wissen aber —«, der Major verstummte plötzlich und biß die Zähne zusammen. Die Schmerzen kamen jetzt. Es brannte wie Feuer in seiner Schulter. Erst nach einer Weile konnte er weitersprechen:

»Sie wissen, Rehbusch, daß es zurzeit keine deutsche Gerichtsbarkeit gibt und in diesem speziellen Fall nur unsere Militärgerichtsbarkeit zuständig ist. Hier kommen gleich drei Delikte zusammen. Es könnte auch ohne weiteres als ein vorsätzlicher Anschlag auf das Leben eines Besatzungsangehörigen geahndet werden, ein verspäteter Werwolfanschlag.«

»Um Gottes willen!« stöhnte Rehbusch. »Diesen Gedanken dürfen sich Herr Major aus dem Kopf schlagen.«

Kalter Schweiß stand jetzt auf der Stirn des Verwundeten, und in immer kürzeren Zeiträumen biß er die Zähne aufeinander.

»Herr Major, Sie müssen in ärztliche Behandlung.«

»Ja, gleich, Rehbusch. Nur ein paar Fragen noch. Hat er mich töten wollen, oder war es nur eine Reflexhandlung?«

»Zweifellos eine Reflexhandlung. Der Toni muß durchgedreht haben.« Lauschend hob Rehbusch wieder den Kopf. »Ist da jemand?«

Keine Antwort. Nur ein Wasser hörte man fern plätschern und dann den heiseren Schrei eines Habichts.

»Was ist dieser Löschauer-Toni für ein Mensch?« fragte der Major wieder. »Ein Taugenichts?«

»Im Gegenteil. Er ist ein gesetzter, ruhiger Bursch.«

»Im Krieg gewesen?«

»Zwei Jahre in Rußland. Ein Bruder von ihm ist gefallen. Gibt es denn gar keinen Ausweg, Herr Major?«

Lange sah Mores den Förster an, und dabei sah es aus, als wollten ihm vor Mattigkeit die Augen zufallen. Dann fragte er, schon mühsamer sprechend:

»Angenommen, Rehbusch, Sie wären noch im Dienst und wären von diesem Toni angeschossen worden. Hätten Sie ihn angezeigt? Ja oder nein?«

Rehbusch dachte kurz nach. Er wollte weder ja noch nein sagen.

»Wenn ich noch im Dienst wäre, Herr Major, dann bestünden geordnete Verhältnisse. In diesem Fall hätte der junge Löschauer überhaupt nicht zu wildern brauchen, weil beim Löschauer die eigene Jagd am Hof ist.«

»Das wußte ich nicht. Aber es ist keine Antwort auf meine Frage. Ja oder nein?«

Da ließ der Förster den Kopf sinken und gab zu, daß er Anzeige erstattet hätte.

»Das habe ich nicht anders erwartet. Sie hätten also Anzeige erstattet. Bei Ihrer Dienstauffassung und der deutschen Gründlichkeit hätten Sie es tun müssen. Sehen Sie, Rehbusch — und gerade das werde ich nicht tun.«

»Ist das wahr, Herr Major?«

»Ich will die Familie nicht ins Unglück stürzen, und außerdem sind mir Rachegefühle fremd. Aber ganz ungeschoren soll er auch nicht wegkommen. Wir werden sagen, ein Jagdunfall. Ich bin ausgerutscht — da ist der Schuß losgegangen. Zunächst lassen wir den Toni ein paar Tage schmoren. Ein bißchen Angst soll er ruhig ausstehen. Wenn das da« — er griff sich an die Brust —, »wenn das wieder in Ordnung gebracht ist, werde ich mir den Burschen vorladen. Auf die Kommandantur. Sehen möcht ich doch, wie er ausschaut, der mir beinah das Lebenslicht ausgeblasen hätte. Ich werde ihm dann die Leviten lesen, und damit ist der Fall dann erledigt.«

»Gott sei Dank! Die alten Löschauer werden Ihnen ihr ganzes Leben lang danken.«

»Vielleicht tu ich es nur seiner Eltern wegen. Und — es bleibt also dabei — ein Jagdunfall ...«

Die Stimme blieb plötzlich weg. Langsam rutschte Major Mores, bevor der Förster noch zugreifen konnte, vom Stamm weg und fiel aufs Moos nieder. Eine tiefe Bewußtlosigkeit hatte ihn befallen.

Ratlos rang Rehbusch die Hände. Schon wollte er sich bücken, um den Bewußtlosen auf seine Arme zu nehmen, als es im Jungholz raschelte. Die Zweige teilten sich, und heraus trat der Schloderer-Urban. In seinen Augen spiegelte sich etwas, das nicht zu deuten war. Der Förster hatte auch nicht Zeit, darüber nachzudenken, er kam sich wie erlöst vor in diesem Augenblick.

»Dich schickt der Himmel, Schloderer!«

Wieder das eigentümliche Farbspiel in den weißen Augen des Urbans.

»Nein, der reine Zufall, Herr Förster.« Er deutete mit der Hand in eine unbestimmte Richtung. »Auf die Titschlingeralm wollt ich, und da war mir, als hätt ich Stimmen gehört. — Mariaundjosef! Das ist ja der Herr Major! Was ist denn da passiert?«

»Ein Jagdunfall. Wir müssen schaun, daß wir ihn hinunterbringen.«

»Ja, wie kann denn so was passiern?« wunderte sich Urban und schaute umher, sah den toten Rehbock liegen und trat ein paar Schritte heran. »Hat den der Herr Major geschossen?«

Der Förster gab keine Antwort. Der Urban stieß mit der Schuhspitze gegen das Geweih und nickte anerkennend:

»Ein schönes Gwichtel. Und ein schöner Schuß.« Dann sah er am Boden etwas blitzen und bückte sich. Es war ein silbernes Kettchen mit einem Medaillon, das die Mutter Gottes zeigte, das Jesuskind auf dem Arm. Nun wußte er alles. Das Kettchen kannte er als Eigentum des Löschauer-Toni. Der Toni trug es stets als Talisman. Seine Mutter hatte es ihm mitgegeben, als er in den Krieg zog. Urban ließ es in seiner Joppentasche verschwinden, dann jammerte er:

»Nein, nein! Daß dem Herrn Major so was passiern muß! Also, da können wir ihn nicht liegen lassen. Da müssen wir jetzt schon was tun.«

»Ja, aber was denn? Eine Bahre bräuchten wir halt.«

»Ich sah den Jeep da unten bei der Holzerhütte stehen«, sagte Urban. »Bis dahin werd ich ihn schon tragen können.« Er spreizte die Beine, umfaßte vorsichtig den Bewußtlosen und hob ihn hoch. Der Urban hatte Kräfte wie ein Bär und war weitum bekannt dafür. Er wandte sie nur selten an, zur Arbeit schon überhaupt nicht. Wie ein Kind, so trug er den schweren Mann behutsam bis zum Jeep hinunter. Dort bettete er ihn ins Gras und wischte sich über die Stirn, obwohl er kaum ins Schwitzen gekommen war. Dann besah er sich die Wunde. Besorgt sah er zum Förster auf, der gerade das Gewehr des Major im Jeep verstaut hatte.

»Das schaut bös aus.« Er schüttelte den Kopf. »Wie man sich ausgerechnet in die Achsel schießen kann, das ist mir ein Rätsel.«

Der Förster ging darauf nicht ein, fragte vielmehr: »Kannst du fahren mit dem Jeep?«

»Es gibt keinen Karren, den ich ned fahren könnt. Komm, hilf mir, daß wir ihn reinbetten.«

In diesem Augenblick erwachte Mores aus seiner Bewußtlosigkeit und schaute verstört um sich, verzog aber sogleich wieder im Schmerz das Gesicht.

»Wie das brennt!« ächzte er. Er wollte aufstehen, fiel aber gleich wieder mit einem Schmerzensschrei zurück.

»Herr Förster«, sagte der Urban jetzt, »das ist mir zu gefährlich. Am besten wird sein, ich geh telefonieren um einen Sanka.«

»Meinst?«

»Ja, die Verantwortung ist mir zu groß, Förster. Wenn unterwegs was passieren tät, ich hätt in meinem ganzen Leben keine ruhige Stund mehr.«

»Wer sind Sie?« fragte Mores. »Und wie komm ich hierher?«

»Schloderer ist mein Name, Herr Major.«

»Er hat Sie vom Berg heruntergetragen«, erklärte der Förster.

»Soll ich einen Sanka holen lassen?« fragte Urban. »Oder meinen Sie, daß es mit dem Jeep auch geht?«

»Natürlich mit dem Jeep. Ich will keinerlei Aufsehen. Greifen Sie in meine Jackentasche, da muß der Wagenschlüssel sein.«

Sie betteten Mores behutsam in den Jeep, und Urban

setzte sich ans Steuer. Aber nach ein paar Metern schrie Mores vor Schmerz wieder auf, obwohl Urban den Löchern und Steinen sorgfältig auswich. So sahen sie schließlich ein, daß es doch besser war, den Verwundeten zunächst ins Forsthaus zu bringen und von dort einen Sanka herbeizurufen.

In Riedenegg war das Hochamt zu Ende.

Auf dem Kirchplatz standen die Menschen noch beisammen, die Weiberleut beim Krämer, die Mannsbilder vorm Wirtshaus. Die Sonne schien mütterlich warm herunter, und die Schwalben flogen hoch über den Kastanienbäumen des Wirtsgartens.

Fast um einen Kopf überragte der Löschauer die Männer. Er zündete sich eine Virginia an und erklärte dann den Umstehenden, daß er gehört habe, demnächst würden an unbescholtene Männer wieder Jagdberechtigungsscheine ausgegeben. Wer unbescholten war, das registrierten die Amerikaner, wenn nicht wieder, wie schon so oft, ein Denunziant Einspruch erhob.

»Was hilft uns denn ein Jagdberechtigungsschein, wenn wir kein Gewehr haben dürfen?« fragte der Sieglhofer, der seit drei Jahrzehnten die Gemeindejagd mitgepachtet hatte.

»Auch das wird noch kommen«, meinte der Löschauer und sah den Wölkchen seiner Virginia nach. »Ein Anfang ist es auf alle Fälle.«

»Ein Zuckerstückl«, spöttelte der Andexer. »Dann lassen sie uns wieder eine Zeitlang in den sauren Apfel beißen, daß uns der Zuckergeschmack ned im Mund bleibt.«

»Es wird schon wieder«, beschwichtigte der Löschauer. »Geduld müssen wir halt haben. Geduld ist jetzt viel, wenn ned alles.«

Wenn man ihn so stehen sah, den Balthasar Löschauer, Bauer vom Schlegl am Holz, dann könnte man meinen, er wäre ein etwas älterer Bruder vom Toni. Nur die Züge waren markanter, und die feinrückige Nase trat ein bißchen stärker hervor.

Der Wirt trat unter die Haustüre und fragte: »Wollts jetzt reingehn oder soll ich euch 's Bier raustragn?«

Die Männer schoben sich dem Eingang zu. In diesem Augenblick fuhr langsam ein Jeep ins Dorf herein, überquerte den Kirchplatz und verschwand hinter der Tenne vom Zwercher. Am Steuer saß der Schloderer-Urban. Daneben der Förster, und dieser hielt etwas in seinen Armen. Wer schnell genug schauen konnte, und das konnte die Schwarz-Kreszenzia, weil sie beim Krämer auf der obersten der sieben Stufen stand, die zum Laden hinaufführte, konnte in die lähmende Stille hinein guten Gewissens behaupten:

»Das war der Herr Major Mores.«

Lähmende Stille beherrschte alle Umstehenden, denn jeder wußte, da war etwas passiert.

»Wie ich heut früh den Mist aus dem Stall gefahrn hab«, erzählte der Bergbauer Stölzl, »da hab ich kurz hintereinander zwei Schüsse fallen hören.«

»Vom Jochgraben runter, mein ich«, bestätigte der Söller, der es auch gehört hatte.

Der Löschauer wandte das Gesicht nach den Sprechern. Einen Augenblick war ihm die Farbe aus dem Gesicht gewichen. Jetzt aber nahm er ruhig wieder seine Virginia zwischen die Lippen, zog daran und ging den anderen voraus in die Gaststube hinein.

Währenddessen hatte der Jeep das Dorf wieder verlassen und hielt am Waldrand vorm Forstamt. Behutsam trugen sie Mores in die Stube hinein und betteten ihn aufs Sofa.

Mit Schrecken im Gesicht kam Frau Agnes aus der Küche gerannt. »Um Gottes willen, was ist denn passiert, Franzl?«

»Ein Unfall, weiter nichts«, antwortete Rehbusch. »Ruf die Kommandantur an, daß sie einen Sanitätswagen schikken.«

»Da ist der Fliegerhorst zuständig«, sagte Urban, der einfach alles wußte. »Nummer 1654.«

Mores stöhnte und schlug die Augen auf. Er sah die Reh- und Hirschgeweihe an der Wand, den grünen Kachelofen, ein paar Bilder an der Wand. Er lächelte.

»Soviel Umstände«, flüsterte er, schaute weiter in der Stube umher und sah auch die schöne siebzehnjährige Tochter des Försters Rehbusch am Türrahmen lehnen. Frieda hieß sie, ein schlankgewachsenes Mädchen, mit einer blonden Haarkrone über der Stirn und einem trotzigen Mund. Der Major bedeutete ihr gar nichts, sie blickte durch ihn hindurch wie durch eine gläserne Wand. Der Major war für sie nichts anderes als die Verkörperung jener Macht, die dem Vater die Gewehre genommen und so einen Trottel aus ihm gemacht hatte.

»Wer war es?« fragte Frieda lauernd.

»Ja, wer hat auf ihn geschossen?« wollte nun auch Frau Agnes wissen.

»Ich hab euch doch gesagt, daß es ein Jagdunfall war!« fuhr der Förster wütend auf.

»Dann nimm dich nur in acht, Papa«, sagte Frieda, »daß man nicht dir die Verantwortung dafür zuschiebt! Wenn du auch kein Gewehr tragen darfst, aber die Verantwortung für einen Jagdgast darfst du tragen.«

»Halt deinen Mund!« schrie der Förster. »Bring den Sanitätskasten rein, ist gescheiter!«

»Wo kann man denn bei euch telefonieren?« fragte der Urban.

»Komm mit«, sagte Frieda und schritt ihm voran in die Kanzlei, wo sich auch der Sanitätskasten befand. Sie schloß die Tür hinter sich und sah den Urban an. »Glaubst du an den Jagdunfall?«

Der Urban bekam einen bekümmerten Glanz in seine Augen. »Dein Vater sagt es. Und was ich denk —«

»Mir kannst sagen, was du denkst.«

Urban schnaufte ein paarmal tief durch, schaute auf die

Tür und legte Schmerz und Erbarmen in seine Stimme: »Ich bin im Gebüsch gesessen und hab was gehört vom Löschauer-Toni. Der muß im Wald gewesen sein. Aber ich möcht nix g'sagt haben. Ehrenwort?«

»Ehrenwort!« antwortete die Frieda feierlich, nahm den Sanitätskasten und ging in die Stube, während Urban die Nummer 1654 wählte.

Frau Agnes hatte bereits die Wunde freigelegt und griff nach der Arnikaflasche.

»Das wird jetzt ein bißchen weh tun, Herr Major.«

Es brannte ganz fürchterlich, aber Mores sah die Augen des Mädchens auf sich gerichtet und verzog keine Miene. Warum lügst du denn? wollte Frieda fragen. Warum lügt ihr alle miteinander? Aber sie verschluckte es und dachte an den Löschauer-Toni. Das waren wenigstens noch Kerle mit Mumm in den Knochen. Du hast bloß ein bißchen schlecht gezielt, Toni, dachte sie weiter. Dann fragte sie:

»Angenommen, es wäre kein Unfall gewesen, sondern es hätte ein Wildschütz auf den Herrn Major geschossen, was würde dann mit dem jetzt geschehn?«

»Es war aber ein Unfall«, knirschte Rehbusch.

»Ich frag ja nur, Vater. Was geschähe mit dem, Herr Major?«

Mores sah sie lange an. Du bist immer noch voller Hochmut und verachtest uns, dachte er. Und vielleicht wollte er wirklich diesen Hochmut ein wenig dämpfen, indem er sagte:

»Der würde wahrscheinlich nie wieder ein Gewehr anrühren können. Verstehen Sie, junge Dame?«

Und ob Frieda dies verstand! Sie verstand es weit über das Maß hinaus und deutete es auf ihre Weise. Sie wurde blaß. Warnen, dachte sie, man muß den Toni warnen, bevor sie die Häscher auf ihn ansetzten.

Die Försterin strich jetzt eine Salbe auf einen Gazestreifen und legte ihn behutsam auf die Wunde. »Hol Huflattich, Frieda«, wollte sie anschaffen, weil doch Huflattich gegen Wundfieber hilft. Aber Frieda war verschwunden. Niemand hatte es bemerkt. Sie sauste bereits auf ihrem Fahrrad ins Dorf.

Bald darauf erschien auch der Sanka vor dem Forsthaus. Der Militärarzt lobte den kunstgerecht angelegten Verband, dann trug man Mores behutsam hinaus, schob die Bahre in den Wagen und schloß die Türen.

In der Gaststube »Zum Schwarzen Adler« gab der Löschauer gerade die Karten zu einem neuen Spiel aus und sagte zum Aschauer:

»Des Spiel hätten wir ned verlorn, wenn du deinen Graszehner rechtzeitig g'schiert hättest.«

»Weil ich g'meint hab, du hättest die Sau noch hint«, verteidigte sich der Aschauer.

»Mit der bin ich doch gleich am Anfang gegangen. Ein bißl sollst schon aufpassen, was dein Partner ausspielt. Wer kommt denn raus?« Der Löschauer zog ein paar Stiche ein, nickte zufrieden und meinte: »Diesmal machts überhaupt kein Stich nach meiner Karte.« Und sie machten auch keinen. Zufrieden nahm der Löschauer vierzig Pfennig aus dem Kartenschüsserl, als sich die Kellnerin zu ihm neigte.

»Du sollst einen Moment rauskommen, Löschauer.«

»Plocker, schau für mich eins an.« Der Löschauer erhob sich und ging hinaus. Draußen stand die Förster-Frieda, auf ihr Fahrrad gelehnt. Erwartungsvoll sah der Löschauer sie an.

»Gibt's was, Mädl? Wolltest du mich sprechen?«

Die Frieda lehnte ihr Fahrrad an die Hauswand und mußte sich ein bißchen strecken, um es diesem Hünen ins Ohr flüstern zu können:

»Der Toni soll den Major Mores angeschossen haben.«

Der Löschauer wechselte die Farbe, in seinen Augen stand der Schreck. »Was heißt soll? Hat er oder hat er ned?«

Die Frieda nickte und flüsterte weiter: »Der Mores hat gesagt, der würde nie mehr in seinem Leben ein Gewehr anrühren.«

Der Löschauer schluckte. Man sah, wie sein Adamsapfel auf und ab ging. »Und woher weißt du das?«

»Sie verbinden ihn gerade bei uns daheim. Ich hab dich warnen wollen, Löschauer, hauptsächlich den Toni. Er muß sich verstecken — und wenn ich helfen kann, ich wüßt vielleicht schon ein Versteck.«

»Ich dank dir schön, Dirndl. Aber helfen?« Er fuhr sich mit der Hand über die Augen. »Helfen kann uns da niemand.«

Er ließ sie stehen und ging durch das Dorf, den Kopf gesenkt, die Hände hinter dem Rücken verschränkt. In sonntäglicher Ruhe lagen die Höfe zu beiden Seiten der Straße. Da und dort wurde ihm über den Gartenzaun her ein Gruß zugeworfen. Er hörte es kaum, setzte seine Schritte immer schneller, bis er den Fahrweg erreichte, der in sanften Serpentinen nach oben führte. Die Sorge ging neben ihm her mit schwerem Schritt und legte sich ihm schließlich auf die Schultern, immer schwerer und drückender, daß er das Gewicht bis in die Kniekehlen spürte.

Einmal blieb er tief atmend stehen, nahm den Hut ab und wischte mit dem Rockärmel den Schweiß aus dem Stirnband. Und es war, als würden erst jetzt die Worte des Förstermädchens in ihrer ganzen Bedeutung auf ihn eindringen, als begriffe er jetzt erst, daß etwas Entsetzliches geschehen war.

Rings um ihn herum dieser wundersame sonntägliche Friede. Heuduft umschwebte ihn, Schmetterlinge gaukelten über die abgemähten Wiesen, und über das reifende Weizenfeld strich der Wind.

Dann ging er weiter, viel langsamer jetzt, als wäre ihm das Atmen schwer geworden. Angst preßte ihm die Brust zusammen.

Immer näher kam er dem Hof, den die Mittagssonne

umfloß. Das Kreuz auf dem Kapellendach funkelte, als sei es aus lauter Diamanten. Er sah die Barbara aus der Haustüre treten, eine Gießkanne in der Hand. Sie hielt plötzlich mitten in der Bewegung inne, als sie den Vater aufs Haus zukommen sah. Sie war vor drei Stunden mit ihm zum Hochamt hinuntergegangen. Da hatte er ganz anders ausgesehen, nicht so grau im Gesicht und nicht mit solch verstörten Augen. Sie stellte die Kanne weg und ging ihm ein paar Schritte entgegen.

»Wie schaust denn du aus, Vater? Ist was passiert?«

Er starrte sie an, als sähe er sie zum erstenmal. Dann ließ er den Kopf sinken.

»O mei, Barbara, es ist was Schreckliches passiert. Der Toni hat auf den Major Mores geschossen.«

»Um Himmels willen!« Die Barbara schlug beide Hände vors Gesicht. »Ist er — tot?«

Der Löschauer zuckte die Schultern.

»Was Genaues weiß ich ned. Des Madl vom Förster hat bloß was von angeschossen gesagt.« Mühsam stieg er die vier Stufen zur Gred hinauf. Dort blieb er wieder stehen und drehte das kalkweiße Gesicht. »Am besten ist's, wir sagen der Mutter vorerst nix. Mit ihrem schwachen Herzen, weißt ja, daß wir ihr jede Aufregung ersparn sollen, hat der Doktor gesagt.«

»Ja, aber, Vater, was tun wir denn jetzt?«

»Wir können jetzt gar nichts tun, Barbara. Abwarten müssen wir halt jetzt.«

Die Barbara betrachtete den Vater. So niedergeschlagen hatte sie ihn nicht mehr gesehen, seit damals der Korporal die Gewehre aus dem Schrank genommen hatte. Damals hatte der Löschauer gesagt, daß ihm das Herz geblutet habe. In ihrem Jammer fiel ihr als einziger Hoffnungsschimmer nur noch ein:

»Vielleicht weiß der Urban einen Ausweg.«

»Vielleicht, vielleicht auch ned. Der müßt überhaupt mehr wissen, der hat ja den Jeep gefahren. Und jetzt reiß dich zusammen, Barbara, daß die Mutter nix merkt.« Er straffte die Schultern und mühte sich, ein gleichgültiges Gesicht zu machen, als er unter die offenstehende Küchentür trat.

Die Löschauerin wandte das gerötete Gesicht vom Herd.

»Daß du schon da bist, Balthes?« Sie schaute auf die Küchenuhr. »Ist ja erst halbe zwölfe! Habt ihr heut ned kartlt?«

»Ist nix Rechtes gangen heut.« Er hob den Kopf und atmete tief durch. »Da riecht's aber wieder gut!«

»In einer halben Stund können wir essen. Ich leg gleich die Knödl ein. Ist der Toni auch mit heimkommen?«

»Der Toni? Nein.«

»Heut hab ich ihn überhaupt noch ned zu sehen kriegt«, sagte die Löschauerin und sah den Mann fragend an. »Ist er vielleicht gar —?«

»Kann sein, Mutter. Ich weiß es ned genau, aber ich nehm es fast an.«

Die Frau öffnete die Bratröhre und goß Wasser über das Fleisch.

»Ich weiß ned, Vater, übertreiben soll er's ned. Mittendrin wird er einmal erwischt, und dann? Bis jetzt hat er zwar noch allweil Glück gehabt.«

»Ja, bis jetzt schon«, antwortete er, drehte sich um und ging in die Stube. Er konnte ihr nicht mehr ins Gesicht lügen und hatte auch nicht den Mut, die Wahrheit zu sagen. Seit der ältere Bub gefallen war, war die Löschauerin nicht mehr die Gesündeste, litt oft unter Herzanfällen und Kreislaufstörungen.

Die Stube war so groß wie ein kleinerer Dorftanzsaal, und in dem Parkettboden konnte man sich spiegeln. Schwere Balken trugen die Decke, und fettglänzender Efeu zog sich vom Fenster her über die halbe Stubendecke und hüllte den Herrgottswinkel fast ganz ein. An der Wand Rehgeweihe mit dem jeweiligen Datum des Abschusses. Zwischen den Geweihen das Foto des Sohnes Andreas, der aus dem Krieg nicht heimgekommen war. Das einzig Störende in dieser Bauernstube war der leere Gewehrschrank in der Ecke. Die Barbara hatte ein paar Zinnkrüge hineingestellt, damit er nicht gar so trostlos aussah.

Der Löschauer hatte sich auf die Ofenbank gesetzt. Den Kopf in die Hände gestützt, grübelte er vor sich hin. Neben ihm lag ein gesticktes Kissen aus Leinen mit dem Spruch, der sich in dieser Stunde wie Hohn anhörte: »Nix geht über d' Ruh.«

Die Barbara kam und deckte den Tisch. Sonntags waren sie nur unter sich. Die Tagwerkersleute Kischler verlebten den Sonntag in ihrem Häusl im Dorf. Die Barbara deckte die Teller so leise auf, als sei schon ein Toter im Haus, dessen Ruhe man nicht mehr stören dürfe. Dann schaute sie auf den Vater:

»D' Mutter hat g'fragt, warum du so grau bist im Gesicht.«

Langsam hob er den Kopf.

»Wenn ich nur wüßt, wie ich's ihr beibringen soll.«

»Der Mutter kommt nix aus, die kennt jede Regung an dir.«

Dann wurde Schweinebraten, Knödel, Kartoffelsalat, grüner Salat, das übliche Sonntagsessen, aufgetragen. Die Löschauerin betete das Tischgebet und stach den ersten Knödel heraus. Dann sah sie über ihren Teller hinweg Mann und Tochter an. Plötzlich legte sie Messer und Gabel weg.

»Warum stochert ihr denn so umeinander? Schmeckt es euch ned?«

»Ich hab heut keinen Appetit«, sagte der Löschauer, und die Barbara fing auf einmal zu weinen an.

»Red, Balthes!« forderte Frau Therese. »Es ist mit dem Toni was. Ich fühl es doch. Sonntag mittag war er doch allweil beim Essen da.«

Lange schaute der Löschauer seine Frau an. Dann nickte er schwer.

»Ja, Thres, der Toni hat Unglück gehabt.«

Das Gesicht verfärbte sich, und schon war wieder dieses verräterische Blau auf ihren Lippen, und mit schwacher Stimme klagte sie:

»Ich hab's doch gespürt — den ganzen Vormittag schon. Die Krähen — den ganzen Vormittag sind drei Krähen um den Kapellenturm geflattert, ganz aufgeregt — und allweil wieder sind s' kommen. Und dann hab ich dich ang'schaut, Balthes, wie du unter der Küchentür gestanden bist. Da hat's mir einen Stich geben im Herzen. Nein, nein, klag jetzt ned, Balthes, ich weiß ja, wie ihr leidet, wie 's Jagerblut in euch schreit, in dir und im Buben. Ich vergeß nie, wie du im Herbst oft ganze Stunden aufrecht im Bett gesessen bist, wenn droben die Hirschen geröhrt haben. Ich will auch gar nix sagen von der Angst, die ich ausgestanden hab, wenn ich gewußt hab, daß du im Wald draußen bist. Auch wegen dem Toni hab ich manche Nacht ned geschlafen. Und jetzt ist 's Unglück da.« Sie hob die trockenen Augen. »Was ist denn passiert, Balthes?«

»Der Toni soll auf den Major Mores geschossen haben«, antwortete die Barbara und wischte sich mit dem Handrücken über die Augen.

»Aber was Genaues weiß man ned. Vielleicht ist es gar ned so schlimm.«

»Ned schlimm, sagst du? Vater, das ist arg genug.« Sie schlug die Hände vors Gesicht und begann bitterlich zu weinen. »Du lieber Gott, du lieber Gott«, mehr brachte sie nicht mehr heraus.

Niemand kam es in den Sinn, vom Essen noch etwas anzurühren. Es war ihnen, als hinge statt der bäuerlichen Lampe ein Damoklesschwert über ihnen, das jeden Augenblick niedersausen mußte. Stumm, mit den Zügen des Ewigkeitsleides blickte der geschnitzte Christus aus seinem Winkel auf die Gruppe nieder. Und es war so still in der Stube, daß das Ticken der Standuhr sich wie ein dröhnendes Klopfen anhörte. Und als der Kanarienvogel in seinem

Bauer einmal piepste, hörte es sich wie ein Schmerzenslaut an.

Stumm erhob sich schließlich die Löschauerin und griff nach den Schlüsseln der Kapelle, die neben dem schweren Bauernschrank hingen.

»'s Beten hilft jetzt gar nix«, sagte der Löschauer mit müder Stimme.

»Was soll ich denn sonst tun in meiner Not?«

»Handeln«, sagte die Barbara. Und dabei glühte auf einmal eine wilde Entschlossenheit in ihrem Gesicht.

»Handeln?« fragte der Löschauer. »Kannst du mir des vielleicht genauer erklärn?«

»Das wär doch gelacht, wenn man den Toni nicht irgendwo verstecken könnt!«

»Wo, und wie lange? Ein Jahr, fünf Jahr oder ein ganzes Leben lang? Da wär ein schnelles Sterben gleich besser.«

Die Löschauerin verließ die Stube und ging zur Kapelle hinauf. Sie war von dem Gedanken durchdrungen, daß durch ein ganz inniges Beten der Herrgott seine Hilfe nicht versagen werde.

»Der Vetter aus Mayerhofen«, fiel der Barbara ein. »Dort könnt der Toni vielleicht unterschlupfen, bis Gras über die leidige Sach gewachsen ist.«

»Denen ihr Arm reicht auch bis ins Zillertal hinein! Da sind zwar die Franzosen, aber in so einem Fall arbeiten die z'samm. Mich wundert überhaupt, daß noch niemand da ist. Herrgott, diese Ungewißheit!«

»Wir werden bald Gewißheit haben, Vater«, sagte die Barbara entschlossen, stand auf und griff nach dem Wolljäckchen, das über der Ofenstange hing.

»Wo willst denn hin?«

»Den Urban such ich. Der muß ja wissen, was los ist.«

»Ja, schau, daß du was erfährst! Die Ungewißheit bringt uns sonst noch um.«

Während die Barbara ins Dorf hinunterlief, stieg der Löschauer hinterm Hof das kleine Bergerl hinauf, auf dem die Kapelle stand. Er sah seine Theres vornübergebeugt im Betstuhl knien. Still schob er sich an ihre Seite, faltete die schweren Hände, aber er konnte nicht beten. Es schien ihm ganz einfach unbotmäßig, zu glauben, daß man mit ein paar Vaterunsern alle Angst und alle Sorge wegwischen könnte. Er wollte nur in der Nähe seiner Frau sein, die leise flüsternd Perle um Perle ihres Rosenkranzes durch die Finger gleiten ließ.

Und draußen blaute der schöne Sommertag. Der Vogelgesang drang bis in die Kapelle herein, und man hörte das Rauschen der alten Bäume über dem Dach.

Im Hüttenraum der Sölleralm saß mit klopfenden Pulsen der Toni hinter dem kleinen Fenster, von wo aus er das Gelände überblicken konnte. Doch nichts zeigte sich. Nur die Rinder wanderten mit bimmelnder Glocke über das untere Almfeld und suchten den Schatten.

Am gemauerten Herd, der noch kalt war, lehnte mit verschränkten Armen die Martha. Ihr schmales Gesicht war von Sorge umschattet, ihr Herz war erfüllt mit Angst und Erbarmen, und der ganze Raum schien angefüllt zu sein mit einer schweren Traurigkeit. Es war, als sei der Tod durch den Raum gegangen und habe die beiden mit seinem kalten Atem berührt.

Martha war die erste, die sich aus dem lähmenden Schweigen aufraffte. Sie stemmte sich vom Herdrand ab und trat zum Toni, streichelte über sein Haar und bettete seinen Kopf an ihre Brust.

»Ach, Toni, wenn ich dir nur helfen könnt!«

Er griff nach ihrer streichelnden Hand und hielt sie fest.

»Du kannst mir leider ned helfen, Martha.«

»Ich will es aber, Toni. Was wäre denn das für eine Lieb, die ned helfen möcht.«

»Ja, aber in dem Fall ...«

»Sag ned allweil in dem Fall. Ein verzwickter Fall vielleicht, aber doch ned ganz so hoffnungslos, wie du es jetzt siehst. Meinst denn ganz gewiß, daß der Rehbusch dich kennt hat?«

»Natürlich, er hat ja meinen Namen geschrien!«

Sie nahm sein Gesicht in die Hände und zwang ihn, sie anzuschaun. »Wer sagt denn, daß er sich ned getäuscht hat?«

»Der Rehbusch?« Resigniert schüttelte der Toni den Kopf. »Der Rehbusch hat mich kennt.«

»Dann muß man eben dem Rehbusch sagen, daß er sich doch getäuscht hat, weil du es gar ned sein hast können.«

»Und warum ned?«

»Weil du die ganze Nacht bei mir gewesen bist. Bis jetzt bist du gar ned aus der Hütten rauskommen.«

Ein müdes, hoffnungsloses Lächeln zuckte um seinen Mund. »Das müßtest du beschwören. Und gestern nacht, da war ich ned bei dir.«

»Ja und?«

»Einen Meineid? Nein, Martha. Dann hättest auch du keine ruhige Stund mehr.«

Das wußte sie natürlich auch, und wahrscheinlich würde sie auch niemals falsch schwören können. Aber Marthas Liebe zu Toni war so groß, daß sie zu jedem Opfer fähig gewesen wäre. Sie wollte den völlig Verstörten aufrichten, mit Hoffnung erfüllen und sein liebes, vertrautes Lächeln wieder wachrufen.

Es war so still ringsum, daß man die Fliegen summen hörte. Zuweilen schlug eine Glocke auf dem Almfeld an, und dann war wieder Stille.

»Wenn ich bloß wüßt, wenn ich bloß wüßt!« stöhnte der Toni ein ums andere Mal.

»Was denn, Toni?«

»Ob er tot ist, oder ob ich ihn bloß angeschossen hab.«

Die Martha machte sich von ihm los. In ihren Augen war jetzt eine starke Entschlossenheit.

»In zwei Stunden werd ich das wissen, Toni. Ich lauf ins Dorf runter, da erfahr ich schon was. Und ich weiß auch schon, wo du dich verstecken kannst. Im Graben hinten, bei meiner Mutter.«

Ein müdes Lächeln zuckte um seinen Mund.

»Wie lange denn? Kein Mensch kann sich auf Jahre hinaus unsichtbar machen. Nein, Martha, bleib da, laß mich jetzt ned allein. Ich kann jetzt ned allein sein. Ich brauch dich, Martha. Wenn es Nacht wird, versuch ich auf unsern Hof zu kommen. Bloß jetzt laß mich ned allein.«

Er umklammerte sie wie ein Ertrinkender und vernahm auch wie ein solcher ihre Trostesworte:

»Ich laß dich ned allein, Toni. Nie im Leben laß ich dich allein. Und wenn du untertauchen mußt, ganz gleich, wo es sein muß, ich bleib bei dir. Dir ist bloß jetzt alles Licht verdunkelt. Aber einmal scheint uns auch die Sonn wieder, Toni, glaub mir's. Vielleicht ist alles gar ned so schlimm, wie du es jetzt siehst.«

Es war wunderbar, wie ihn ihre Worte mit neuer Zuversicht erfüllten. Es ging so viel Kraft von diesem einfachen Menschenkind aus. Es war, als wüchse Martha in dieser Stunde über sich hinaus. Sie wußte selber nicht, woher ihr auf einmal dieser starke Wille zufloß, begriff nur, daß jetzt sie den Kopf hochhalten mußte, begriff jetzt auch erst, daß sie längst ein Teil von ihm geworden war und daß sie alles mit ihm zu teilen hatte, die Freude wie das Leid.

Am Zucken seiner Schultern merkte sie die Erschütterung, die in ihm wühlte. Erschrocken nahm sie seinen Kopf zu sich her und sah ihm in die Augen. Am liebsten hätte sie mitgeweint. Aber das durfte sie nicht, vielmehr sprach sie ihm mit drängender Güte zu:

»Komm, Toni, leg dich aufs Lager. Ruh doch ein bißl aus.«

Willig ließ er sich zum Seegraslager geleiten.

»Ach, Kindl, daß ich dich auch noch in die Höll reinzerren muß!«

»Wenn es sein müßt, Toni, durch alle Höllen ging ich

mit dir«, versprach sie. Ihre Augen brannten dabei wie Flammen. Sie breitete die Wolldecke über ihn und setzte sich dann ans Fenster wie eine Wächterin, die alles in ihrem Blickfeld behielt, was sich auf dem Almfeld bewegte.

Die feierliche Schönheit dieses Sonntags war noch lange nicht ausgeglüht. Ohne Eile gingen die Stunden dahin. Eine seltsame Stille lag über dem Dorf. Niemand hatte es laut gesagt, und doch dachten alle an den Löschauer-Toni. Als sei sein Name nur aus einem dunklen Winkel herausgeflüstert worden, der Wind habe es aufgenommen und in die Bauernstuben getragen.

Hätte man nun genau nachgeforscht, von wem dieses Gerücht ausgegangen war, die Spur hätte auf den Schloderer-Urban gedeutet. Aber der hätte sich zweifellos sofort davon distanziert. Der Toni? Mein Freund, der Löschauer-Toni? Ausgeschlossen. Es ist ein Unfall gewesen.

Der Urban lag um diese Zeit im Schatten eines alten Apfelbaumes in einem Liegestuhl, hatte eine dunkle Sonnenbrille über den Augen und die Hände hinter dem Nacken verschränkt.

Auf der Gred deckten sie den Kaffeetisch. Man roch den Bohnenkaffee bis zum Apfelbaum, und Urban spreizte genüßlich die Nasenflügel. Wenn schon Kaffee, dann mußte er stark sein. Schließlich brachte er jederzeit immer genügend davon ins Haus.

Die alte Magd Steffi stand plötzlich vor ihm.

»Du, Gnad Gottes, sollst zum Kaffee kommen.«

Er hörte es nicht ungern, wenn man ihn so nannte. Nur seine Mutter hörte es nicht gern.

Urban richtete sich auf, stellte die Füße auf den Boden und sagte:

»Ich riech ihn bis daher. Und wer sorgt dafür, daß es beim Schloderer allweil frischen Bohnenkaffee gibt?« Er klopfte sich mit der Faust an die Brust. »Ich, der Urban.«

»Du, Gnad Gottes, ist des wahr, daß der Löschauer-Toni auf den Mores geschossen hat?«

Er runzelte die Stirn und nahm einen Augenblick die Sonnenbrille ab. »Wer sagt des?«

»Alle.«

»Alle? Dann wissen sie mehr als ich. Ich weiß bloß von einem Unfall.«

Die Hände in den Hosentaschen, schlenderte er neben der Magd zum Haus. Um den gedeckten Tisch saßen bereits sein Bruder Anselm, sein Vater und die Mutter. Keins von ihnen hatte die sandhellen Haare und die Albinoaugen wie der Urban.

Sein älterer Bruder Anselm war ein ruhiger, gesetzter Mann und sollte einmal den Hof übernehmen, einen mittleren Hof, aber mit gutem Boden und etwa dreißig Tagwerk Wald. Die Gebäude waren gut in Schuß. Der Stall wurde gerade ausgebaut und konnte nur ausgebaut werden, weil Urban mit seinem Lastwagen alles beibrachte, was ein gewöhnlicher Sterblicher nicht aufzutreiben wußte um diese Zeit: Zement, Ziegelsteine, Dachplatten, einfach alles. Urban beherrschte mit seinem starken Willen die ganze Familie, und er ließ es auch raushängen, daß sie ihm viel zu verdanken hatten.

Breitbeinig setzte er sich an den Tisch, griff nach einem Kuchenstück. Im Hoffleck scharrten ein paar Hühner, der Hund lag faul, alle viere von sich gestreckt, vor seiner Hütte und riß nur einmal den Kopf hoch, als eine Wespe um seine Nase tanzte. Die Tore des Schuppens standen weit offen, und man sah den grauen Lastwagen darin, mit Kartoffeln beladen.

»Wohin geht morgen die Fahrt?« fragte der Schloderer.

»In die Pfalz.«

»Und was hast auf der Rückfahrt?«

»Äpfel und Wein.«

»Doch ned wieder Bügeleisen?« fragte die Mutter und wischte über ihr Kinn.

Urban lachte und meinte dann: »Im Nu warn sie weg, die Bügeleisen! Hab gut verdient dabei.«

»Wo du das nur grad herhast!« wunderte sich der Schloderer.

»Ja, das ist eben die Gabe Gottes. Entweder hat man's oder man hat's ned.«

Der Urban hatte es. Er hatte eine Spürnase für alles, was Profit abwarf. Und er war beharrlich wie ein Mormonenmissionar und zäh wie Rindsleder. Ein Schwarzhändler von Format ohne Gewissen. Er aber nannte es eine Gabe Gottes.

Auf einmal riß Anselm den Kopf in die Höhe, und seine Augen wurden klein, bis er erkannt hatte, wer da von der Dorfstraße abbog und den schmalen Wiesenweg daherkam. Dann leuchtete es in seinen Augen auf, ganz kurz nur und von niemandem bemerkt.

»Die Löschauer-Barbara kommt.«

Urban drehte sich gleich um die Achse und hätte beinah seinen Stuhl umgeworfen. Dann rückte er seine Sonnenbrille zurecht.

»Jetzt werden wir gleich Näheres erfahren«, sagte die Schlodderermutter. »Steffi, geh rein und hol noch eine Tasse.«

»Vielleicht ist's besser, wir wissen ned soviel«, meinte der Schlodderervater und tunkte seinen Kuchen samt seinem Daumen in den Kaffee.

Inzwischen war die Barbara herangekommen. Bevor Urban es verhindern konnte, war Anselm aufgestanden und reichte Barbara die Hand.

»Grüß dich Gott, Barbara.« Seine Augen leuchteten. »Komm, setz dich und trink eine Tasse Kaffee mit.«

Die Freude bei Anselm war ehrlich. Barbara wußte das, aber sie konnte ihm kaum mit einem Lächeln danken. Ihr Gesicht war gerötet vom raschen Gehen, und ihre Stimme klang bedrückt.

»Dank schön, aber ich hätt mit dem Urban was Wichtiges zu reden.«

Langsam stand Urban auf und schob mit einer leichten Handbewegung den Bruder weg.

»Nur ned allweil so vordrängeln, des mag ich ned! Also, Barbara, womit kann ich dir behilflich sein?«

»Das — das — möcht ich dir unter vier Augen sagen.« Sie sah sich hilflos in der Runde um. Zuletzt blieb ihr Blick auf Anselm haften, als wolle sie sagen: Das mußt schon verstehen, Anselm.

»Gut, gehn wir.« Urban schritt der Barbara voraus hinter die Tennbrücke. Dort blieb er stehen und faßte sie am Arm.

»Es ist wegen dem Toni, gell?«

Flehend sah sie ihn an. Die dunkle Brille, dachte sie, verbergen seine bösen, stechenden weißen Augen.

»Ja, Urban, du mußt ihm helfen. Er ist doch dein Freund.«

»Und dein Bruder«, antwortete er mit unbewegtem Gesicht.

Barbara umklammerte jetzt seine beiden Arme.

»Bitt schön, Urban, hilf ihm. Wenn's einer kann, bist es du.«

Geschmeichelt lächelte er. Schau, schau, bitten kann sie auch, dachte er. Und da gebettelt wurde, durfte er wagen, den Arm um die Schultern des Mädchens zu legen. Er spürte ihren heißen Atem, der sein Gesicht streifte, und ganz nah an ihrem Gesicht sagte er:

»Ich müßt ihm ja deinetwegen schon helfen, Barbara. Weißt es ja, wie gern ich dich hab. Und der Toni weiß das auch.«

»Ja, er redet immer so gut für dich.«

»Aber ohne Erfolg bis jetzt.«

Barbara entwand sich seiner Umarmung.

»Was ist die Wahrheit, Urban? Ist der Toni es wirklich gewesen? Im Dorf hab ich grad erfahren, daß es ein Unfall gewesen sein könnt?«

Tief schnaufte der Urban auf und legte Trauer in seine

Stimme. »Ich wollt, es wär so, Barbara. Leider aber hat sich der Toni ned beherrschen können. Versteh mich ned falsch, Barbara — ich nehm es dem Toni ned übel. 's Jagerbluat halt. Ich versteh ihn so gut.«

»Dann hilfst ihm?«

Jetzt dauerte es lange, bis dem Urban eine Antwort einfiel. Seine Stirn war auf einmal in strenge Falten gelegt, denn er mußte überlegen: Wo war der Vorteil für ihn? Endlich sagte er:

»Morgen früh um halb vier Uhr fahr ich mit dem Lastwagen in die Pfalz. Da muß er mit. Da drüben kann er dann vorläufig mit einem falschen Paß untertauchen. Ich werd' das schon arrangieren.«

»Vergelt's Gott, Urban. Das werd ich dir nie vergessen. Umsonst brauchst es ja auch ned tun.«

Das hätte sie lieber nicht sagen sollen, denn der Urban riß sie gleich in die Arme. Sein Zugriff war so kräftig, daß sie sich nicht dagegen wehren konnte und hilflos seinen stürmischen Küssen ausgeliefert war. Dabei fiel ihm die Brille weg, und als sie jetzt seine Augen sah, hätte sie am liebsten um Hilfe geschrien. Aber da ließ er sie plötzlich los.

»Kalt bist wie ein Fisch! Wird denn das gar ned anders mit dir? Ich soll dir Zeit lassen, sagst allweil. Ja, wie lang denn noch?« Er bückte sich und setzte die Brille wieder auf. »Barbara, ich tät doch alles für dich, und du — du tust grad so, als ob dir grausen tät vor mir.«

Ja, mir graust vor dir, hätte sie am liebsten geschrien. Und ich hab Angst vor deinen Augen. Was war er denn für ein Mensch, der ihre Angst um den Bruder jetzt so schamlos auszunützen versuchte!

»Verstehst denn nicht, Urban, wie mir heut zumut ist? Spürst denn ned die Angst in mir?«

Er griff gelassen in seine Hosentasche, zog eine Zigarettenschachtel heraus und zündete sich eine an. Dann machte er ein paar tiefe Lungenzüge und schaute den blauen Rauchwölkchen nach.

»Merkwürdig«, sagte er dabei, »allen soll ich helfen, aber wenn ich einmal was möcht, dann sind die Türen verschlossen.«

»Ich hab dir ja gesagt, Urban, du brauchst es ned umsonst tun. Ich tu alles, wenn du dem Toni hilfst. Was verlangst denn?«

Wieder legte sich die Stirn in Falten. Er warf die Zigarette in weitem Bogen von sich und sagte schnell:

»Heut ist Sonntag, laß am — sagen wir am Samstag, dein Kammerfenster offen.«

Dunkle Röte flog über ihr Gesicht. Ihre rechte Hand zuckte, und sie mußte sich zwingen, nicht zum Schlag auszuholen.

»Ist das die Bedingung?«

»Ja.«

»Gut, ich warte auf dich. Wo ist der Toni jetzt?«

»Ich werd ihn suchen und finden. Richtet ihm alles her. Morgen früh wart ich mit dem Lastwagen bei der Straßengabelung.«

»Gut. Der Toni — er wird aber doch vorher noch heimkommen?«

»Aber erst wenn's dunkel ist.« Urban machte einen Schritt auf sie zu. »Nimm's doch ned gar so tragisch, Barbara. Ich will euch ja helfen.«

»Ja, und — ich werd mich dann schon dankbar erweisen . . .« Die Stimme brach ihr, und die Hände vors Gesicht werfend, rannte sie davon.

In Unbehagen rührte Urban die Schultern. Dann griff er wieder nach der Zigarettenschachtel und stelzte nach vorne, um seine Joppe zu holen.

Mit kreidebleichem Gesicht erhob sich auf der Tennbrücke der Anselm und ballte die Fäuste. Er hatte jedes Wort des Gesprächs mitgehört und hatte sich nur mit Gewalt zurückhalten können, nicht über die Tennbrücke hinunterzuspringen, um den Bruder zu schlagen. Höllenqualen hatte er gelitten, und noch nie hatte er den Bruder so gehaßt wie in dieser Stunde, in der Urban die Not der Barbara schamlos auszunützen versucht hatte.

Jetzt kam Urban wieder aus dem Haus und ging mit langen Schritten den Hang hinauf. Einmal blieb er stehen, griff in seine Joppentasche, zog ein silbernes Kettchen mit einem Medaillon heraus und lächelte. Dann ließ er es wieder in die Tasche gleiten und verschwand gleich darauf im Wald.

Sie gingen durch den nächtlichen Wald. Toni hatte den Arm um das Mädchen gelegt und war nun wieder voller Zuversicht, seit Urban auf die Almhütte gekommen war. Wie mit Engelszungen hatte Urban auf ihn eingeredet, hatte ihm zwar die Gefahr, in der er schwebe, in den düstersten Farben ausgemalt, aber er habe ja ihn, den Freund, der immer noch in allen mißlichen Lagen einen Ausweg gefunden habe. »Verlaß dich nur auf mich«, hatte er gesagt. Zwar hatte er bedenklich die Stirn kraus gezogen, denn Toni habe ja eins der schlimmsten Verbrechen begangen, das es in den Augen der Besatzungsbehörde gäbe. Aber er könne ihn ja verstehen und ihm als Freund nur raten, auf einige Zeit aus der Gegend zu verschwinden. In ein paar Jahren sei Gras über die Sache gewachsen. Wenn er also morgen früh an der Straßengabelung warte, er, der Urban, sei da, darauf könne er sich verlassen. Er hatte das alles so gesagt, als wolle er den Freund nur auf einige Zeit in Urlaub schicken.

Martha spielte mit wehem Herzen dieses zuversichtliche Spiel mit. Sie aber hätte lieber den Toni bei ihrer Mutter versteckt als in der Ferne, von der sie nicht wußte, ob sie ihn nicht verschlänge. Und jetzt ging es ans Abschiednehmen, und mit jeder Minute wuchs der Jammer in ihrem Herzen und der Hader gegen das Schicksal, das ihr nur eine kurze Zeit vergönnt hatte, in den hochlodernden Flammen ihrer Liebe leben zu dürfen.

Der Wald lichtete sich. Sie blieben stehen und sahen

zu den Sternen auf, als hofften sie, daß von ihnen Trost herunterfallen könnte. Irgendwo plätscherte eine Quelle, und einmal rief ein Vogel aus der Tiefe des Waldes.

Ganz nah standen sie voreinander. Marthas Augen glühten, gerade als ob sie Fieber hätte. Ihr Lächeln wirkte, als sei es gefroren.

»Du mußt jetzt zurück, Martha«, sagte er leise.

Aufschluchzend warf sie die Arme um seinen Hals.

»Nimm mich mit, Toni! Bitte, nimm mich mit!«

Er griff ihr unters Kinn und neigte sich über ihren Mund.

»Aber das geht doch ned, Martha. Du weißt doch, daß das ned geht. Mach mir's doch jetzt nicht schwerer, als es ist, Martha. Die ganze Zeit warst so vernünftig und jetzt...«

»Ich bin schon wieder vernünftig«, versprach sie. »Aber jetzt auf einmal ohne dich — Toni, begreifst du denn ned?« Noch fester klammerte sie sich an ihn. »Was soll ich denn bloß tun, Toni?«

»Auf mich warten, Martha.«

»Ich warte, Toni, und wenn ich drüber weiße Haar kriegen tät.«

»Geh, du Dummerl! Ich bin vielleicht schneller wieder bei dir, als du denkst.«

Sie wollte es glauben und konnte es nicht. Aber sie zeigte sich jetzt tapfer, wollte dem Mann den Abschied nicht noch schwerer machen. Seine Lippen streiften noch mal über ihre feuchte Stirn, dann riß er sich los und rannte davon, weil er wußte, wenn er jetzt nicht ging, würde er nie gehen.

»Vergiß mich nicht, Toni!« rief sie ihm nach. »Ich warte auf dich!«

Dann verschluckte ihn die Nacht, und Martha ging zurück. Sie fing zu weinen an, ganz verzweifelt wie ein Kind, das sich im Wald verlaufen hat und keinen Heimweg mehr findet.

Der Morgenstern stand noch klar am Himmel, als Toni, mit einem schweren Rucksack bepackt, zur Straßengabelung hinunterging. Aber hinter den östlichen Bergspitzen zeigte sich bereits ein rötlicher Schein. Er ging ziemlich schnell und machte einen Umweg um die Gehöfte am Wege. Sie lagen zwar noch schweigend und still. Nur beim Entmoser wurde eine Stalltür geöffnet, und eine Magd zog ein paar leere Milchkannen von der Hausbank. Dann verschwand sie wieder, und man hörte das Brüllen einer Kuh.

Langsam schälten sich die Berge aus dem Dunstkreis der vergehenden Nacht, und ihre Zinnen und Zacken standen in einer wunderbaren Reinheit gegen das langsam wachsende Licht.

Im Birkenwäldchen, in dem schon ein paar Vögel erwacht waren, blieb er einen Augenblick verschnaufend stehen. Gott sei Dank, daß er das hinter sich hatte! Dieser Abschied! Er wünschte sich fürs ganze Leben keine solche Stunde mehr wie die letzte. Den Abschied von Haus und Hof, von Eltern und Schwester. In Tränen aufgelöst hatte ihn die Mutter mit Gewalt zurückhalten wollen, die Barbara war wie eine Salzsäule in der Stube gestanden; der Vater, grau im Gesicht wie ein Steinbild, und seine Hände hatten gezittert, als er ihm noch Geldscheine ausgehändigt hatte. Nein, nie mehr so eine Stunde. Die war ja noch schlimmer als die gestrige Morgenstunde im Jochgraben droben.

War das wirklich erst gestern gewesen? Konnten denn vierundzwanzig Stunden so einschneidend sein, daß sich das Leben mit einem einzigen Schlag veränderte? Er fühlte sich ausgestoßen, wie ein Zug auf ein Nebengleis geschoben. Aber der Weichenwärter wußte, in welche Richtung der Zug weiterlaufen mußte. Er aber wußte es nicht. In die Irre? In die Dunkelheit hinein?

Kaum hundert Schritte vor ihm lag die Straßengabelung. Aber er blieb im Schutze des Birkenwäldchens stehen. Endlich vernahm er das Gerumpel eines Lastwagens, der aus dem Dorf kam, und lief zur Straße hinunter.

Mit einem Ruck, daß die Bremsen aufschrien, hielt Urban an, drehte das Wagenfenster herunter und streckte seinen Kopf heraus. Dann beugte er sich auf die andere Seite hinüber und öffnete die Tür.

»Steig ein, Toni.«

Toni warf seinen Rucksack ins Führerhaus und ließ sich in die abgewetzten Lederpolster fallen. Dann schnaufte er tief durch.

»Ich hab schon glaubt, du kommst ned.«

Urban legte den Gang wieder ein und klappte den Schirm seiner Mütze in die Höhe.

»Du bist gut! Hab ich schon einmal mein Wort ned gehalten?«

»Es hätt ja was dazwischenkommen können.«

»Bei mir kommt nix dazwischen.«

Toni lehnte sich weit in die Polster zurück. Er war so müde jetzt, steinmüde und zerschlagen.

»Gibt es in der Sach was Neues?« fragte er nach einer Weile.

»Und ob! Zuerst haben sie gesagt, es wär ein Jagdunfall. Aber der Militärarzt, der dem Mores die Kugel aus der Schulter geschnitten hat, hat das Geschoß untersuchen lassen, und da sind sie draufgekommen, daß er ein solches Kaliber gar ned schießt. Außerdem waren in seinem Repetierer noch alle Kugeln, also hat er gar ned geschossen. Prompt sind am Abend drei Militärpolizisten in Riedenegg aufgetaucht und haben den Förster vernommen.«

Erschrocken wandte Toni das Gesicht.

»Und?«

»Nix Genaues hab ich ned erfahren können. Aber so gewiß wie zweimal zwei vier ist, kreuzen die heut auch wieder auf. Drum also nix wie weg, so schnell wie möglich!« Urban griff in die Tasche seines Overalls. »Da, nimm die Kennkarte. Der Kerl drauf schaut dir einigermaßen ähnlich. Mußt bloß ruhig bleiben, wenn wir kontrolliert werden.«

Toni erschrak, betrachtete die Kennkarte und schüttelte den Kopf.

»Wenn das nur gutgeht, Urban.«

»Verlaß dich nur auf mich. Das geht schon gut. Du mußt halt jetzt auf ein paar Jahr verschwinden.«

»Was? Auf ein paar Jahr gleich? Urban, das halt ich ned aus.«

»Hast du eine Ahnung, was alles ein Mensch aushalten kann! Wär's dir denn lieber, wenn sie dich schnappen und dich um einen Kopf kürzer machen?«

»Verjährt denn so was eigentlich?«

»Natürlich. In etliche Jahr ist alles vergessen.«

Toni lehnte sich zurück und schwieg. Es war ihm so elend ums Herz. Sie fuhren durch saubere Dörfer, in denen jetzt das Leben erwacht war. Die Berge blieben immer weiter zurück. Reifende Ährenfelder säumten die Straße, grüne Kleewiesen und langgezogene Kartoffelfelder, über denen singend die Lerchen standen. Auf einmal war Toni eingeschlafen, und er erwachte erst, als sie schon auf der Autobahn zwischen Augsburg und Stuttgart waren. Verwirrt rieb er sich die Augen.

»Hab ich geschlafen?«

»Und wie! Es geht halt nix über ein reines Gewissen. Das ist des beste Ruhekissen.«

Mit einem Schlag war Toni hellwach und packte den Urban mit eisernem Griff am Arm.

»Du, wenn du meinst, du kannst dir jetzt mit mir einen Spott erlauben, dann halt, ich steig aus.«

»Na, na«, tat Urban gemütlich und schüttelte die Faust ab. »Man wird doch noch ein Spaß machen dürfen!«

»Mir ist ned zum Spaßen!« Er griff nach seinem Rucksack und schnürte ihn auf. Plötzlich verspürte er einen rasenden Hunger.

»Laß dein Sach drin, Toni. Das brauchst vielleicht noch nötiger!« Der Urban öffnete den Handschuhkasten. »Da sind Wurstbrote drin und eine Thermosflasche mit starkem

Kaffee. Das richtet dich wieder z'samm.« Zugleich steuerte er auf einen Rastplatz hinaus und hielt den Wagen an. »So, jetzt tun wir einmal in aller Ruh frühstücken. Das Ärgste haben wir jetzt hinter uns, denk ich. Bis auf das Letzte halt noch.«

Toni nahm einen tiefen Schluck aus der Thermosflasche und biß kräftig in das Wurstbrot.

»Jetzt sag einmal, Urban, wo bringst du mich eigentlich hin?«

Urban trank zuerst, biß vom Brot ab und trank wieder.

»Hab ich dir das gestern ned gesagt? Bei Straßburg mußt über die Grenz.«

»Über die Grenz? Das hast gestern ned gesagt. Was soll ich denn da drüben?«

Urban zündete sich jetzt eine Zigarette an und legte die Schachtel neben sich hin.

»Zünd dir auch eine an, Toni. Daß ich dir das gestern ned gesagt hätt? Vielleicht, weil die Martha dabei war. In Straßburg gehst auf die Kommandantur und meldest dich zur Fremdenlegion.«

Das war wie ein Keulenschlag. Toni starrte den Freund an wie ein Wesen aus einer anderen Welt. Aber noch bevor er etwas sagen konnte, sprach Urban schon weiter:

»Das ist der sicherste Unterschlupf, den man sich denken kann. Mir scheint, du bist dir über deine Lage noch gar ned so richtig im klaren. Wenn ich an deiner Stell wär, gäb es für mich nix anderes. Da hast deine Ordnung, dein Essen und alles, was du brauchst. Da bist einer unter Tausenden, und kein Mensch fragt nach deiner Vergangenheit. Was willst denn in deiner Lage jetzt noch mehr?«

Ja, was bleibt mir anderes übrig? dachte Toni. Er mußte untertauchen, und eigentlich müßte er froh sein, daß der Urban so selbstlos für ihn sorgte.

Sie fuhren weiter, und nach zwei Kilometern wurden sie angehalten und zur Seite gewinkt.

»Ganz ruhig bleiben«, flüsterte Urban und lenkte den

Wagen in die Ausbuchtung des Parkplatzes. »Laß mich nur reden.«

Ein Polizist trat an den Wagen heran, der andere inspizierte die Ladung.

»Die Papiere, bitte!«

Urban tat ganz langsam, ganz phlegmatisch. Er hatte das schon hundertmal durchgemacht.

»Hier, bitte, Führerschein, Zulassungsschein, Steuerkarte.«

Der Polizist schien sich mit dem Gelesenen zufriedenzugeben.

»Was haben Sie geladen?«

»Nach meiner unmaßgeblichen Meinung sind das Kartoffeln.«

»Lassen Sie die Scherze! Wohin geht die Fahrt?«

»Nach Bergzabern. Da lad ich die Kartoffeln ab. Von dort fahr ich nach Schweigen und lad Obst.« Urban zog seine Schachtel mit Amizigaretten heraus und zündete sich eine an. »Ist schon alles recht umständlich heutzutag. — Wenn Sie es ned als Beamtenbestechung auffassen, Herr Hauptwachtmeister, Sie können gern auch ein paar Zigaretten haben.«

Die Schachtel wechselte sehr schnell.

»Wir begegnen uns ja nicht das erstemal«, sagte er. »Den Herrn Schloderer kennt auf der Strecke schon bald jeder Polizist.«

»Sehr schmeichelhaft klingt das ja grad ned. Ich hoff, im angenehmen Sinn?« lachte Urban. »Haben wir's jetzt?«

»Ja, bloß der Herr neben Ihnen? Was ist mit dem?«

»Mein Reisebegleiter. Ich kann ja schließlich ned die Kartoffeln allein abladen und das viele Obst wieder aufladen.«

»Ist gut, Sie können weiterfahren.«

Toni lehnte sich in die Polster zurück. Sein Herz klopfte zum Zerspringen.

»Hab ich jetzt Angst ausgestanden«, gestand er.

»Das habe ich mir schon lange abgewöhnt. Wo käm man

hin, wenn man da jedesmal zittern tät! Da täten sie's ja gleich merken, wenn man ein schlechtes Gewissen hat.«

Erst am Rheinübergang wurden sie wieder gestoppt. Diesmal mußte auch Toni seine Kennkarte vorweisen. In seiner Erregung griff er nicht zur falschen, sondern zu der mit seinem Namen. Der Beamte besah sich das Lichtbild genau, schaute den Besitzer immer wieder an, blätterte dann in einem dicken Buch bis zum Buchstaben »L« und gab dann die Kennkarte zurück.

»In Ordnung«, sagte er. Urban tippte an den Mützenrand und ließ den Wagen langsam anrollen.

»Diesmal hab ich Blut geschwitzt«, sagte er. »Warum hast du den richtigen Paß vorgezeigt?«

»Ich hab es verwechselt. Was hat er denn in dem Büchl gesucht?«

»Ob dein Name drinsteht. Das ist ein Fahndungsbuch. Aber der kann ja noch ned drin stehn, weil's gestern erst passiert ist. Obwohl, denen ihr Draht spielt manchmal verdammt schnell. In einer Stund vielleicht kannst schon signalisiert sein. Aber wenn du vernünftig bleibst und vor allem ruhig, kann nix mehr schiefgehn.«

»Wer weiß«, sagte Toni nach einer Weile nachdenklich, »wenn ich die falsche Kennkarte hergezeigt hätt, ob es dann ned aufgefallen wär. Ich hab doch kaum eine Ähnlichkeit mit dem Bild drauf.«

»Trotzdem, heb sie auf. Du weißt nie, wie du sie einmal brauchen kannst.«

»Wie geht's jetzt weiter?«

»Jetzt essen wir zunächst einmal in Bergzabern anständig zu Mittag. Gegen eine Schachtel Amizigaretten kriegen wir zwei ein fürstliches Essen. Dann fahr ich weiter nach Schweigen. Ganz in der Näh liegt Ludwigswinkel. Dort kenn ich einen Bauern, der bringt dich nachts über die Lauter, und dann bist auch schon über der Grenz und stehst vor Weißenburg. Von dort mußt schaun, daß du mit einem Zug nach Straßburg kommst. Am besten wär ein

Bremserhäusl auf einem Güterzug. Da sucht dich am wenigsten einer. Und in Straßburg fragst dich nach der Kommandantur durch, des kann dir jeder Mensch sagen, weil sie fast alle Deutsch reden.«

Genau als hätte Urban schon ein Dutzendmal einen Menschen über die Grenze geschleust, lief alles wie am Schnürchen.

Der Kleinbauer in Ludwigswinkel war einer von Urbans Art. Er zog die Nase geringschätzig auf, als Toni ihm einen ganz schönen Packen Papiergeld bieten wollte. Urban mußte erst wieder mit einer Packung Amizigaretten einspringen, bis er sich bereit erklärte, den bereits stoppelbärtigen Anton Löschauer in der Abenddämmerung in das Dickicht am Ufer der Lauter zu führen. Dort möge er warten. Um die Mitternacht käme er mit einem Schlauchboot und bringe ihn hinüber.

Im rauhen Dickicht legte sich Toni zum Schlaf auf den warmen, weichen Boden, seinen Rucksack als Kissen benützend. Der Abschied von Urban war kurz und sachlich gewesen. Er könne ihm jetzt nichts zurücklassen, hatte Urban gemeint, als einen Teil seiner Kaltblütigkeit. Aber damit könne er auskommen, denn er sei doch noch jung, und bald werde das neue, abenteuerliche Leben über ihm zusammenschlagen.

So müd war der Toni, daß er diesen zwiespältigen Worten gar nicht nachdachte. Immerhin blieben seine Gedanken noch so lange wach, daß es für ein Abendgebet für alle reichte, die er zurückgelassen hatte in der Heimat, und für ein Ave Maria für sich selber, daß ihn die Himmelmutter in ihren Schutz nehmen möge auf allen Wegen, die er jetzt gehen mußte.

Gegen Mitternacht weckte ihn eine Faust an der Schulter. Der Bauer war da mit dem Schlauchboot. Leise plätscherte das schwarze Wasser durch die Ruderschläge, und schon nach zehn Minuten stießen sie drüben ans andere Ufer. Bevor er ausstieg, die ersten Worte:

»Was hast denn ausgefressen?«

»Ich hab auf einen amerikanischen Offizier geschossen.«

»Au weh, au weh! Dann tauch bloß unter, Mensch!«

»Das hab ich im Sinn.«

Schon glitt das Schlauchboot mit dem Bauern wieder über die Lauter zurück, und Toni stand mutterseelenallein in einem fremden Land. Ganz nahe leuchteten die Lichter von Weißenburg. Auf diese Lichter ging er zu und merkte gar nicht, daß ihm die Tränen über die Wangen liefen.

Es hatte schon seine Richtigkeit. Der Oberstabsarzt Kelly, selber Jäger, hatte dem Major Mores die Kugel aus der Schulter entfernt und sie genau betrachtet. Das war doch nicht das Kaliber, wie Mores es verwendete! An den mysteriösen Jagdunfall hatte er sowieso nicht recht glauben können.

Aber Mores war dabeigeblieben. Es war ein Jagdunfall, und er schilderte ihn auch, als er aus der Narkose erwacht war, ziemlich eindeutig. So eindeutig, daß Kelly schon wieder bereute, die Militärpolizei informiert zu haben. Das konnte er nun nicht mehr rückgängig machen. Die Polizisten jagten bereits nach Riedenegg und nahmen den Förster Rehbusch ins Verhör. Der wäre sowieso bei seiner mit Mores verabredeten Version geblieben, seine Tochter Frieda hätte ihn gar nicht so zwingend ansehen müssen, als wollte sie sagen: Werde ja nicht zum Verräter!

Das, was der Förster erzählte, deckte sich genau mit den Angaben von Major Mores. Es gab ja auch Sprachschwierigkeiten genug, und diejenige, die das Kauderwelsch leicht hätte übersetzen können ins Englische, die stand mit verschränkten Armen an den Türstock gelehnt mit versteinerter Miene und übersetzte, wo es ihr geraten schien, falsch. O die Frieda! Jeden Zweifel wußte sie geschickt zu überbrücken, und da die Militärpolizisten sowieso nicht sonderlich interessiert waren, zogen sie alsbald wieder ab.

Ohne große Hoffnung, noch Näheres zu erfahren, betraten sie aber dann doch noch die Gaststube vom »Schwarzen Adler«. Die Stube war gesteckt voll, und man nahm kaum Notiz von den Militärpolizisten, die zur Theke gingen und dort von der schwarzen Marie einen Whisky verlangten, obwohl sie wußten, daß ihnen nur simpler Zwetschgenschnaps vorgesetzt werden konnte, den die Bauern selber brannten. Wahrscheinlich auch ohne Genehmigung. Sie betrachteten schweigend die Gesichter unter den breiten Hüten, und Jimmy sagte zu seinem Kameraden:

»Hier brauchen wir gar nicht zu fragen. Schau bloß diese Gesichter an.«

Ja, da saßen sie nun, hielten ihre Bierkrügl umklammert, als hätten sie Angst, es würde ihnen genommen, und verkörperten nichts als biedere Einfalt. Es wäre ganz zwecklos, einen von ihnen zu fragen, ob er über den Jagdunfall etwas zu sagen wisse. Sie würden nie etwas wissen, es sei denn, es wäre ein Judas unter ihnen, dem man für dreißig Silberlinge etwas rauslocken könnte. Mit unschuldsvollem Blick und auch etwas Verachtung um die Mundwinkel schauten sie zu den beiden an der Theke hin.

»Noch zwei Whisky«, bestellte Jimmy, weil er Zwetschgenschnaps nicht sagen konnte. Diese Bayern hatten ja eine Sprache, daß einen schaudern konnte. Die beiden standen an der Theke, schweigend, ganz Obrigkeit. Fragen hätten sie müssen, nicht schweigen. Es wäre ihnen schon Antwort geworden. Zumindestens die eine: »Ich weiß von nichts.«

Und so gingen die beiden halt wieder, ohne jemanden das Fürchten gelehrt zu haben. Man hatte keine Angst vor ihnen, oder nicht mehr. Ihr Gehen war wie eine Erlösung, die Gesichter verloren die Starrheit, sie lächelten breit, stupsten sich mit den Ellbogen an, blinzelten sich verständnisinnig zu und fragten sich:

»Was haben die zwei jetzt eigentlich wollen?«

Dabei wußten sie alle schon, was sich am Morgen im

Jochgraben zugetragen hatte. Jetzt aber war es schon später Abend. Draußen stand schon die Dämmerung, in der Wirtsstube wurden die Lichter angedreht, und auf dem Kirchturm läutete die Glocke den Abendsegen.

Beim Schlegl am Holz lebten sie die Tage in drohender Angst und Verzweiflung, bis sie am Dienstagabend, ziemlich spät schon, vom Urban daraus erlöst zu werden hofften. Der Löschauer fragte nichts, er sah nur mit hoffendem Blick in die dunklen Brillengläser, die Urban auch bei nacht nicht abzunehmen schien. Die Löschauerin war gerade vom Gebetläuten aus der Kapelle herübergekommen. In ihrem Blick war schon mehr Bitten. Aber erst die Barbara warf das Wörtchen »Nun?« in die gespannte Stille.

Urban hatte den Hut abgenommen und stand mit leicht gespreizten Beinen in der Stube, bis der Löschauer mit dem Kinn auf die Bank deutete.

»Nimm Platz, Urban, und erzähl.«

Umständlich ließ sich Urban am Tisch nieder, tat so, als sei er müd und abgespannt von den Anstrengungen der Fahrt, und zeigte endlich ein unsicheres Lächeln.

»Das hätten wir gut über die Runden gebracht.«

»Dank dir schön, Urban«, sagte die Löschauerin, setzte sich auf das Kanapee und faltete die Hände im Schoß. »Unser Herrgott wird dir das schon lohnen.«

Eine Handbewegung, als sei das nur eine Bagatelle gewesen, was er getan hatte.

»Er ist gut über die Grenze gekommen, der Toni.«

Der Löschauer fragte unsicher und schnell: »Über was für eine Grenz?«

Der Urban tat recht erstaunt, als begriffe er nicht.

»Na — über die französische halt.«

»Was tut er denn da drent?«

Urban rührte in Unbehagen die Schultern. Dann wich er dem Blick des Löschauers aus und schaute die Barbara an.

Ja, der Samstagmorgen hatte es wieder in sich. Als ob die Welt neu atme und alles aufrichten wolle. Höher stieg die Sonne, und die Umrisse der Wälder und Berge standen scharf begrenzt in der klaren Frühe. Von allen Seiten hob sich das Lied der Lerchen über die vom Regen noch glänzende Erde.

Die Sicherheit der uralten Ordnung schien das Dorf und seine Menschen wieder zu erfüllen. Was sich am Sonntagmorgen vor einer Woche im Jochgraben abgespielt hatte, schien vergessen zu sein. Der Regen hatte die Erinnerung bereits fortgewaschen.

Nur der Löschauer empfand es nicht so, seine geordnete Welt war immer noch zerstückelt. Er stand auf der Gred seines Hofes und schaute in den Obstgarten, und ihm war, als warte dort am Rande der Bäume, wo schon der Kornacker anfing, etwas Dunkles, Drohendes auf ihn. Und er wußte, daß er sich nicht täuschte, in diesen Dingen hatte er einen sechsten Sinn.

Ja, er war unruhig, obwohl das Dunkle noch nicht vor seinem Acker saß, sondern vorerst noch im Hauptbüro der Militärpolizei in der Kreisstadt. Dort war etwas dunkel gewesen, verworren und verschleiert. Aber nun war es aufgehellt worden durch einen Brief ohne Unterschrift, in dem nichts weiter stand, als daß jenes Geschehen am letzten Sonntagmorgen in den Wäldern hoch über Riedenegg kein Jagdunfall gewesen sei, sondern daß der Bauernsohn Anton Löschauer auf den Herrn Major geschossen habe.

Mit spitzen Fingern, als habe er sich daran verbrannt, warf Captain Garwell den Brief über den Tisch dem Corporal Lankes zu und sagte dabei:

»Schweinerei, verdammte! Daß diese Deutschen doch immer ihr eigenes Nest beschmutzen müssen!«

Lankes nahm die Füße vom Schreibtisch.

»Nicht alle. Erinnere dich nur an den letzten Sonntag, an die Bauern in der Wirtschaft zu Riedenegg.«

»Das allerdings. Aber schon bei Christus war einer unter zwölfen.«

»Bloß verlangt unser Verräter keine Silberlinge. Was machen wir jetzt mit dem Wisch? Papierkorb?«

»Ich weiß nicht. Die Sache brennt mir zu sehr. Wenn er wenigstens keinen Namen genannt hätte. Aber es steht doch deutlich — Bauernsohn Anton Löschauer.«

»Es ist ein Wespennest, in das wir hineinstoßen müßten. Dieser Förster Rehbusch — ich hab es gespürt, daß er lügt und — was ist jetzt mit Major Mores?«

In diesem Augenblick betrat Oberst Clemento das Dienstzimmer, der Chef.

»Morgen, meine Herren. Neues?«

Lankes schob ihm den Brief hinüber. Clemento setzte seine Brille auf, las, wurde rot, und zuletzt war sein Gesicht fast purpurn vor Zorn. Dann nahm er die Brille wieder ab, sah zuerst den Captain, dann den Korporal nachdenklich an und brüllte los:

»Was ist denn das für eine Schweinerei? Wie kommt Major Mores dazu, so eine Sache verschleiern zu wollen? Daß dieser Rehbusch lügt, nehm ich ihm nicht übel, aber daß Mores ...«

»Darf ich mir eine Bemerkung erlauben, Herr Oberst?«

»Bitte!«

»Auf anonyme Anzeigen haben wir bisher nicht reagiert.«

»Es ist nicht mehr anonym, wenn der Name des mutmaßlichen Täters genannt wird. Wir müssen der Sache nachgehen. Major Mores werde ich selber vernehmen. Sie fahren mit zwei Mann nach Riedenegg, nehmen die zwei Gendarmen dort mit und halten zunächst bei dem Löschauer gründliche Haussuchung. Vorgefundene Schußwaffen sind zu beschlagnahmen und der Inhaber wegen verbotenen Waffenbesitzes festzunehmen. Den Förster Rehbusch nehmen Sie ebenfalls fest und bringen ihn hierher. Ich werde ihn selbst vernehmen. Man hat uns da an der Nase herumführen wollen! Daß ein Major sich zu einem solchen

Manöver hergibt, dürfte auch einmalig sein. Auf alle Fälle wollen wir — wir müssen sogar ein Exempel statuieren, sonst meinen diese Bauern vielleicht, wir wären gar nicht mehr da!«

Clemento schloß seinen Waffenrock und setzte das Käppi vor dem Spiegel vorschriftsmäßig auf, während die beiden anderen ihre Helme aus dem Spind nahmen und die Pistolen umschnallten.

Und als sie in Richtung Riedenegg jagten, fuhr Oberst Clemento zum amerikanischen Hospital.

Freilich dachte er nicht daran, mit Mores ins Gericht zu gehen. Sie waren seit Jahren gute Freunde, und Clemento war schon ein paarmal mit nach Riedenegg zur Jagd gefahren. Genaugenommen wollte er jetzt den Fall mit Mores gründlich besprechen, und vor allem wollte er die Wahrheit erfahren.

Mores war fieberfrei, und Clemento wurde sogleich vorgelassen. Er setzte sich auf den Stuhl neben dem Bett, nahm das Käppi ab und strich sich mit den Fingern durch das volle Haar.

»Du machst ja nette Sachen, Frederik. Wie geht es dir?«

»Wunderbar, John, ganz wunderbar! Die können mich meinetwegen morgen schon entlassen. Das ist nicht einmal so schlimm wie damals der Splitter bei Falaisne.«

»Es hätte aber schlimm ausfallen können. Macht es dir was aus, wenn ich rauche?«

»Rauch nur, und zünd mir auch eine an!«

Sie rauchten ein paar Minuten schweigend, dann lehnte sich Clemento weit in den Sessel zurück und schlug ein Bein über das andere.

»Und jetzt erzähl mir einmal, Fredrik, wie war das genau mit dem Jagdunfall. Ich möchte es von dir selber noch mal hören.«

»Soll das ein Verhör sein, John?«

»Aber nein. Mich interessiert es ganz einfach. Du kannst so wunderbar lügen, Fredrik.«

»Wie bitte?«

»Du lügst so vollendet, daß man es fast glauben möchte. Und dieser Rehbusch dazu. Das habt ihr ja fein miteinander abgekartet.«

»Ich weiß nicht — wie meinst du das?«

»Genauso, wie ich es sage. Erstens hat man dir doch ein ganz anderes Kaliber rausgeschnitten, als du es verwendest. Und zweitens«, der Oberst zog den Brief aus der Tasche und reichte ihn Mores hin.

Mores Stirne zog sich zusammen. Zweimal las er das anonyme Schreiben, dann reichte er es zurück.

»Verdammt noch mal! Was gedenkst du jetzt zu tun?«

»Was ich jetzt tun muß, Fredrik. Wenn ich den Brief allein in die Hand bekommen hätte, aber so kann man nichts mehr zurechtrücken, Fredrik. Meine Leute sind bereits unterwegs nach Riedenegg. Ich muß den Dienstweg einhalten, das weißt du ganz genau.«

»Natürlich weiß ich das, John. Aber mir tut der Bursche leid.«

»Versteh ich, denn du weißt genausogut wie ich, was ihm blüht.«

»Ich weiß, ich weiß. Es wäre ja auch alles irgendwie eingeschlafen, wenn dieser Verräter jetzt nicht aufgetaucht wäre. Ich weiß nicht, ob du mich verstehst, John, aber mir wäre es lieber, ich bekäme diesen Judas in die Hände statt den jungen Löschauer.«

»Liegt dir denn der gar so am Herzen?«

»Das nicht, aber ich glaube, John, wir haben es uns zu leicht gemacht, wir haben uns nicht genug Mühe gegeben, uns in die Mentalität dieser Bergmenschen einzuleben. Die Löschauer sind, wie ich von Rehbusch weiß, zeitlebens auf die Jagd gegangen. Und nun kommen wir daher, nehmen ihnen die Gewehre weg und verbieten ihnen, in die Wälder zu gehen.«

»Es ist mir nicht bekannt, daß sie nicht in den Wald gehen dürften.«

»Ja, mit einem Stecken, höchstens noch mit einem Fernglas, soweit wir die nicht auch beschlagnahmt haben.«

»Du redest warm für unsere Feinde.«

»Der Krieg ist aus, ich kenne keinen Feind mehr.«

»Berichte das doch direkt nach Washington. Vielleicht hat man dort Verständnis dafür.«

»Keine Ironie, bitte. Sag mir lieber, was du jetzt zu tun gedenkst.«

»Den Dienstweg gehen.«

»Der Dienstweg kann bei dir zu Ende sein, wenn du willst. Er muß nicht unbedingt vors Militärgericht.«

»Misch dich nicht in meine Kompetenzen. Erzähl mir jetzt lieber, wie es wirklich gewesen ist.«

Und so leuchtete die sonnige Sonntagstunde im Jochgraben in das kleine Krankenzimmer herein. Mores kam in eine schwärmerische Stimmung, malte den Augenblick, als sie auf den Wilderer stießen, dramatisch aus und steckte den anderen mit seiner Schilderung geradezu an. John Clemento stellte am Ende nur mehr die Frage:

»Und was ist dann aus dem Bock geworden?«

Verblüfft schaute ihn Mores an.

»Das weiß ich wirklich nicht. Vielleicht liegt er sogar noch oben.«

Der Oberst erhob sich und griff nach seinem Käppi.

»Das glaubst du doch selber nicht! Dazu kenne ich diese Menschensorte nun doch besser als du. Aber wir werden sehen, wir werden sehen, Fredrik. Eine Tatortbesichtigung wird wohl unvermeidlich sein.« Er streckte dem Freund die Hand hin. »Mach's gut, Fredrik.«

Mores umschloß eisern die Hand des andern.

»Was wirst du jetzt tun, John?«

»Das kann ich dir erst sagen, wenn ich den Anton Löschauer vor mir habe.«

Mores glaubte sich nicht zu täuschen, Clemento hatte mit den Augen ein bißchen gezwinkert. Mores zwinkerte zurück, aber ein Nicken des Einverständnisses, wie er es erhofft hatte, blieb aus. Trotzdem wußte Mores, daß der Fall bei Clemento in guten Händen war. Mit einem tiefen Seufzer ließ er sich in die Kissen zurückfallen und schloß die Augen. Wie ein Film rollte der Sonntagmorgen wieder vor ihm ab, und er sah sich in Jahren, fern von jenem Geschehen, im Garten hinter seinem Haus daheim im Liegestuhl liegen und wußte jetzt schon, was er seinen Kindern, dem James, dem Tim und der Jenny alles erzählen würde von dem Zusammenstoß mit einem Wilderer in den bayrischen Bergen. Natürlich hatte er den dingfest gemacht nach einem Kampf auf Leben und Tod. Die Amerikaner wußten ja auch, was alles zu einem Jägerlatein gehörte.

Er lächelte wieder, und darüber schlief er ein.

Beim Schlegl am Holz mähten sie das Korn. Als der Tau verdampft war, war der Löschauer mit Barbara und den beiden Tagwerkersleuten zum Kornacker hinuntergegangen. Viel Getreide wuchs ja nicht in der Gegend, gerade daß es für den Hausgebrauch reichte. Die Viehwirtschaft trug mehr ein.

Fast hätte ihn wieder so etwas wie eine neue Lebensfreude überkommen. Die Sense rauschte so vertraut in die gelben Halme, Schmetterlinge gaukelten über den Ähren, blaue Kornblumen leuchteten aus dem Strohgewirr, und die Schwalben flogen hoch. Die Barbara raffte die Halme hinter ihm auf, ihr folgte der Kischler mit der Sense, und sein Weib band die Garben. Auf dem Kirchturm schlug die zehnte Vormittagsstunde, und sie setzten sich alle vier in den Schatten einer Eberesche. Barbara reichte die Flaschen mit Apfelmost und legte die Käsbrote auf ein weißes Tuch.

»Brotzeit ist doch die schönste Zeit«, meinte der Kischler gemütlich und nahm einen tiefen Zug aus seiner Flasche. Der Löschauer wollte ebenfalls gerade den ersten Trunk tun, als er die Flasche wieder absetzte und auf die Straße hinunterschaute. Dort bog ein Jeep, mit vier Mann besetzt, in den Fahrweg ein, der zum Schlegl am Holz führte.

Mit einem Ruck stand der Bauer auf und griff nach seinem Strohhut, den er ins Gras gelegt hatte.

»Barbara, jetzt, mein ich, steigt ein Wetter auf!«

»Was meinst, Vater?«

»Schau doch hin! Die fahren zu uns rauf! Und gleich zu viert sind sie. Und die Mutter allein daheim.«

Er begann zu gehen, mit weiten Schritten, trotzdem kamen die anderen vor ihm auf den Hof. Die Löschauerin streute den Hühnern gerade Körner vor und erschrak so, wie der Löschauer es erwartet hatte. Vielleicht war es ihr auch schon Gewohnheit geworden, bei der geringsten Aufregung mit beiden Händen ans Herz zu fassen. Vor den Gendarmen hatte sie keine Angst. Die waren oft genug schon in der Stube gesessen und hatten dankbar an Speis und Trank genommen, was man geboten hatte. Und ihre Frauen holten — wenn auch erst bei Einbruch der Dunkelheit — jeden Abend einen Liter Milch. Aber da waren auch die anderen beiden noch, mit Gesichtern, so grimmig wie damals im Mai 1945.

Da war der Löschauer auch schon heran und faßte die Frau um die Schultern.

»Reg dich ned auf, Mutter.« Dann schaute er die vier der Reihe nach an. »Gleich zu viert gebt ihr mir die Ehr? Um was geht's denn?«

»Wir suchen Ihren Sohn Anton Löschauer«, sagte Captain Carwel, der einigermaßen deutsch sprach.

Der Löschauer atmete erleichtert auf.

»Wenn Sie mir sagen könnten, wo er ist, wäre ich Ihnen dankbar.«

»Was? Sie nicht wissen, wo Sohn ist?« Carwel schaute den Gendarmeriemeister Geißlinger an. »Sie mit ihm sprechen.«

Geißlinger strich sich nervös über seinen Schnauzbart. Es war ihm sichtlich peinlich, und er wand sich.

»Es tut mir leid, Löschauer, aber die Herren haben ein

anonymes Schreiben gekriegt, und darin steht, daß dein Toni auf den Herrn Major Mores geschossen haben soll.«

Der Löschauer stand ganz ruhig, geleitete seine Frau dann zur Hausbank hin, weil er sah, wie sich ihre Augen schon wieder in Angst weiteten und daß ihre Hände zitterten. Dann wandte er langsam das Gesicht.

»Soll, sagen Sie. Hat er nun, oder hat er nicht?«

»Wo ist Ihr Sohn?« fragte Carwel.

Diese Frage, obwohl erwartet, traf den Bauern jetzt wie ein Stich ins Herz.

»Wenn ich das wüßt.«

»Also ist er geflohen?«

Der Löschauer nickte wie einer, der sich in sein Schicksal ergeben hat, und das Wort: »Alles durchsuchen, bis auf den letzten Winkel«, regte ihn schon nicht mehr auf. Eher regte ihn der Gendarmeriemeister Geißlinger auf, der immer wieder betonte, daß ihm das alles sehr leid täte.

»Das glaub ich dir, Geißlinger. Aber man muß seine Pflicht tun, ganz gleich, wer befiehlt.« Im übrigen konnte ihn eine Hausdurchsuchung nicht schrecken. Es war kein Gewehr im Haus, es sei denn, sie stiegen auch in der Kapelle das Glockentürmchen hinauf. Dort lag sein Stutzen, in einen alten Sack gewickelt, von Spinnwebhäuten belegt.

»Bring mir meine Herztropfen, Balthes«, klagte die Löschauerin, und der Löschauer ging in die Stube. Da hätte er trotz seines Elends fast gelächelt, weil der Militärpolizist ihn auf Schritt und Tritt begleitete.

Fast zwei Stunden suchten sie im ganzen Haus und Stall herum, die beiden Gendarmen vielleicht nicht mit der Gewissenhaftigkeit, die von ihnen verlangt wurde. Geißlinger atmete schließlich befreit auf, als er melden konnte:

»Haussuchung ohne Ergebnis.«

So ganz ergebnislos wollten die Amerikaner doch nicht zurückkommen, und sie verlangten ein Bild des geflohenen Anton Löschauer. Sie glaubten auch nicht, daß der Vater nicht wüßte, wohin der Sohn geflohen sei. Wahrscheinlich ins

Gebirge, meinten sie. Aber ihr Arm reiche sehr weit, und eines Tages würde die Falle schon zuschnappen.

Als sie fort waren, mußte der Löschauer ins Dorf, um den Doktor zu holen, weil seine Frau mit Herzkrämpfen daheim lag, die sich auch mit den Tropfen nicht lösen wollten.

»Man möcht fast beten«, hatte sie gestöhnt, »daß es aufhören möcht zu schlagen, das Herz. Dann hätt ich endlich Ruh. So werd ich ja doch keine mehr kriegen.«

»So darfst ned reden, Mutter«, hatte er geantwortet. »Was täten wir denn ohne dich? Über die Sache wächst Gras, dann wird alles leichter.«

Daran glaubte er selber zwar noch nicht und wäre auch eines Trostes bedürftig gewesen. Aber wer gab ihn? Wer konnte in die Zukunft sehen?

Als er das Doktorhaus verließ, sah er den Jeep davonbrausen. Im Rücksitz saß der Förster Rehbusch. Sein graues Haar flatterte im Fahrtwind. Auf den Helmen der beiden Militärpolizisten spiegelte sich die Sonne, und hinter dem Jeep wirbelte eine mächtige Staubwolke auf.

Um die Stunde, in der sein Vater sorgenvoll und mit verschränkten Händen auf der Gred des Hofes stand und auf die Kornmandln hinunterschaute, die sie heute aufgestellt hatten, saß Toni auf einer der Kaimauern des Hafens von Marseille und schaute auf das flimmernde Wasser hinaus. Er trug bereits die Unifom der Legionäre, war schon halb ausgelöscht, war eine Nummer unter den zweitausend geworden, die morgen nach Algier eingeschifft werden sollten.

Im Hafen herrschte noch hektischer Betrieb. Riesige Kräne hievten Panzer, Geschütze und Munitionskisten an Bord von Frachtschiffen. Kleine Motorboote flitzten geschäftig zwischen den Schiffsriesen hin und her. Weit draußen sah man die Türme zweier U-Boote aus dem Wasser ragen.

Es roch nach Tang und Fisch. Die Kräne ächzten in ihren

Ketten unter der schweren Last, Kommandorufe schallten laut. Erst allmählich wurde es stiller. Die Dämmerung wuchs immer mehr, und mit ihr wuchsen die Gedanken des Einsamen am Hafenkai. Heimweh wollte ihn schier erdrücken. Aber er wußte, es gab kein Zurück mehr.

O ja, Heimweh. Noch nie hatte es den Toni so sehr ergriffen wie in dieser Stunde am Kai. Kaum zu glauben, daß die Tagödie vom Jochgraben erst acht Tage zurücklag.

Von den Türmen der Stadt begannen die Abendglocken zu läuten. In zauberhafter Harmonie klangen sie durcheinander, und doch war kein einziger Klang dabei, der so schön gewesen wäre wie die Abendglocke von Riedenegg.

Mädchen gingen vorüber, lachend, mit langen Beinen und Schwung in den Hüften, mit Gesichtern, die schmal und braun waren. Und doch war keine unter ihnen, die Martha ähnlich gewesen wäre. So schön wie in diesem Augenblick hatte er sie noch nie wahrgenommen. Sie schien ihm auf dem Wasser entgegenzuschweben.

»Martha ...«, stöhnte er und vergrub das Gesicht in den Händen. Leid und Sehnsucht schienen auf ihn niederzustürzen, als ob sie ihn erdrücken wollten. Das Rauschen des Meeres war der Bergwind, das Plätschern der Wellen war der Bergbach, und die Sterne, die nun langsam kamen, es waren die gleichen Sterne wie in der Heimat. Nur das Rasseln der Kranketten störte das Idyll. Scheinwerfer leuchteten jetzt da drüben auf, und es sah sich gespenstisch an, wie die Panzer und die Geschütze in einem großen Bogen auf das Deck gehievt wurden.

Auf einmal merkte der Toni, daß sich jemand neben ihn setzte, einer wie er, in der gleichen Uniform, einer, der beim Mittagsappell noch im gleichen Glied gestanden war.

Es war der Südtiroler Jörgl Arnstaller, ein kleiner, drahtiger Kerl mit leichter Hakennase und scharfen Augen.

»Waanst?« fragte er, und Toni ließ langsam die Hände von seinem Gesicht gleiten.

»Was meinst?«

»Ob du weinst?«

»Zumut ist mir danach.«

»Mir auch. Ich hab nämlich was erfahren. Weißt, wo die uns hinwerfen wollen?«

»Nach Algier nüber, oder?«

»Ja, bloß zu einer kurzen Ausbildung, und dann soll es nach Indochina gehen. Sie sollen fürchterliche Verluste haben dort, und nun wollen sie uns junges Blut in den Urwald hineinwerfen.«

Selbst in dem Zwielicht sah man noch, wie dem Toni alle Farbe aus dem Gesicht wich.

»Ist das wahr?«

Der Jörgl nickte, stöhnte ein paarmal tief und meinte:

»Seit ich kein Berg mehr seh, bin ich krank. Und nach Indochina geh i nit. Ohne Berg geh ich söllisch z' Grund.«

»Mir geht's ja ned anders.«

»Und nach Indochina geh i nit.«

»Aber was willst denn machen? Die fragen doch ned, ob wir wollen.«

»Ich hau ab. Gehst mit?«

»Wie willst denn das machen?«

»Nimmer zruckgehn in die Kasern. Erst morgen früh beim Zählappell merken sie, wenn einer abgeht.«

»Ich weiß ned, ich weiß ned«, zögerte Toni, obwohl er mit dem Herzen schon ganz dabei war. Nur die Gedanken ließen sich für diesen verwegenen Plan noch nicht begeistern. »Die werden uns jagen wie bei einer Treibjagd.«

»In der Nacht nit, und morgen können wir schon weit sein, wenn du magst.«

»Hetzen wie ein Wild«, sagte der Toni wieder.

»Ärger auch nit, als wie die uns da drüben in Algier durch Hitz und Sand hetzen wollen. Mir hat's einer erzählt, der schon drüben war. Die schlauchen uns, daß wir Mandl und Weibl nimmer auseinanderkennen. Drei Wochen lang, und dann geht's ab nach Indochina. Und dort ist die Höll! Von hundert kommen höchstens zehn zruck, sagt der Kamerad.«

Auf den Schiffen hatten sie jetzt die Arbeit eingestellt. Im Hafengebiet wurde es ruhig, der Lärm der Stadt schien hinter einer Wand zu sein. Die Nacht wurde fast weiß von Sternen, die sich im Wasser spiegelten wie hüpfende Kobolde.

»Wo bist daheim?« wollte der Tiroler jetzt wissen.

»Im Oberbayrischen. Und du?«

»Im Pustertal, so um St. Leonhard rum.«

»Was hast denn ausgefressen?«

Toni beugte sich ein wenig vor, um das Gesicht des andern besser betrachten zu können. Durfte er ihm vertrauen? Der Gedanke, zu flüchten, ließ ihn schon nicht mehr los.

»Warum meinst du, daß ich was ausgefressen hätt?« fragte er dann.

»Weil ein anderer kaum zur Fremdenlegion geht. Hinter mir zum Beispiel waren die Italiener her, weil ich's böllern hab lassen.«

»Böllern?«

»Ein paar Telegraphenmasten gesprengt.«

»Ah so? Ich hab auf einen amerikanischen Offizier geschossen, weil er mich beim Wildern ertappt hat.«

Vertraulich streckte der Tiroler seine Hand herüber und umklammerte Tonis Hand.

»Dann hab'n wir alle zwei nix Ehrenrühriges getan. Jörgl heiß ich.«

»Und ich Toni.«

Ihre Hände klammerten sich immer fester aneinander, als wollten sie sich einen Treueschwur leisten auf Leben und Tod. Toni spürte, daß er diesem kleinen, drahtigen Kerl vertrauen konnte, daß er ein Kumpel war auf Gedeih und Verderb, wagemutig, entschlossen und verwegen.

»Eine Kart'n bräuchten wir halt«, meinte Toni nach einer Weile.

»Einen Kompaß hab ich«, antwortete der Jörgl und zog ihn aus der Tasche. »Leider haben sie uns ja die Pässe abgenommen.«

»Ich hab noch einen«, erinnerte sich Toni. »Einen falschen halt.«

»Macht nix. Besser als gar nix, und vielleicht hilft er uns einmal. Also, Toni, wollen wir's riskieren?«

Einen Augenblick überlegte der Toni noch. Aber dann war es, als würde ein Seil um ihn geschlungen, das ihn mit Gewalt heimwärts zöge. Dann stand er auf.

»In Gottes Namen, packen wir's!«

»Himmelskönigin, steh uns bei«, antwortete der Jörgl darauf und stellte sich neben den Toni. Jetzt sah man erst, daß der Jörgl um einen halben Kopf kleiner war als der Toni. Aber es war gerade, als ließen Wille und Kraft ihn wachsen, und seine scharfen Augen schienen in der Dunkelheit mehr zu sehen als der Toni.

Es stand nur zu hoffen, daß das Glück ihnen zur Seite stand in allen Gefahren und Nöten, die sie jetzt noch nicht sahen, die aber unweigerlich auf sie zukommen würden. Jörgls Instinkt trieb ihn mit unheimlicher Macht auf die Alpen zu. In den Bergen war er daheim, da kannte er sich aus im Fels. Dort konnte man dann auch bei Tag weiterkommen. Vorerst mußten sie nun nachts marschieren, immerzu nach Nordosten.

Am dritten Tag ihrer Flucht nun sah Jörgl von ihrem Waldversteck aus, in dem sie tagsüber geschlafen hatten, mit seinen Luchsaugen, die auf hundert Schritt hin selbst eine Maus noch entdecken konnten, einen Trupp Arbeiter auf eine Holzbaracke zugehen. Eine Viertelstunde später kamen alle sechs wieder umgekleidet heraus und gingen ins Dorf. Sie hatten ihre Arbeitskleidung abgelegt und gingen nun wohl zum Abendessen ins nahe gelegene Dorf.

Es war ja nun nicht anzunehmen, daß die Gottesmutter mit allem einverstanden gewesen wäre, was dem Jörgl jetzt einfiel. Aber er hatte halt solches Vertrauen zur »Lieben Frau« und sagte wiederum:

»Himmelskönigin, steh mir bei.« Und zum Toni: »Bleib du da hocken, ich bin bald zurück.«

Nach zwanzig Minuten erschien er wieder, hatte auf einem Arm einen Pack Arbeitskleider und in der anderen Hand einen Pickel und eine Schaufel.

»Runter jetzt mit der Uniform«, lachte er.

Nur die Uniformröcke zogen sie aus, vergruben sie unter einem Laubhaufen und wanderten neu kostümiert durch die warme Augustnacht. Wanderten auch am Morgen noch weiter und wagten sich jetzt auch auf Straßen, denn an so kleinen Nebenstraßen gab es immer etwas zu reparieren, wenn ihnen wirklich etwas Verdächtiges in den Weg kam. Bei Tag kam man viel weiter als in der Nacht. Und wenn es Abend werden wollte, machte sich der Jörgl nach etwas Eßbarem auf, denn nur von Obst konnte man auch nicht leben. Einmal kam er mit einer Gans unterm Arm daher. Das Luder, sagte er, sei ihm zwischen die Füße gelaufen. Hätte er sie vielleicht auf den Hof zurücktragen sollen?

So wanderten sie dahin, mit immer weniger Angst, daß sie noch verfolgt werden könnten, immer noch mit der gleichen Kraft und Zuversicht. Bis sie in die Alpen kamen, und eines Abends standen sie auf einem hohen Gipfel. Es sollten noch vieler solcher Gipfel werden, denn Jörgls Ziel war die Schweiz. Sie schien ihm der sicherste Hort zu sein, in dem sie unterkriechen konnten. Der Toni kam nie dahinter, woher der Jörgl diese Weisheiten alle hatte. Die Schweiz, sagte er, die würde nicht ausliefern, wenn man kein Verbrechen begangen hatte. Und Flucht aus der Fremdenlegion war kein Verbrechen. Auf keinen Fall würden sie nach Marseille abgeschoben. Höchstens nach Deutschland. Aber der Jörgl wollte sich nicht schieben lassen. Er würde dort schon auch einen Weg über die Grenze finden. Man mußte nur immer auf den richtigen Augenblick warten können, der über alles entschied.

Der zähe Tiroler verlor auch in den schwierigsten Situationen nicht die Übersicht und den Mut. Mit zäher Verbissenheit strebte er voran. Jetzt aber brachte jeder Tag neue Mühen, neue Schrecken, in der Einsamkeit der Berge waren sie plötzlich wie verloren. Die Schrecken wuchsen, Hunger und Durst quälten sie, und als Jörgl plötzlich auf einem Gipfel die Schweizer Flagge mit dem weißen Kreuz wehen sah, war er selber auch schon so schwach, daß er keinen rechten Juchschrei mehr herausbrachte.

Wie graue Schemen schleppten sie sich dahin, ausgemergelt, unrasiert, mit fieberzersprungenen Lippen und glasigen Augen, wateten durch Sturm und Regen und waren dann wieder sengender Hitze gnadenlos ausgeliefert.

Besonders dem Toni hatten diese Strapazen die letzte Kraft aus dem Körper gerissen. Dann nahm ihn der Jörgl wieder auf seinen breiten Buckel und trug ihn, bis auch ihm die Knie einbrachen.

»Ich kann nimmer, Jörgl«, flehte Toni. »Laß mich liegen.«

Die Mönche vom St. Bernhard fanden die Erschöpften und brachten sie in Sicherheit. Es war die höchste Zeit, denn der Anton Löschauer wußte schon nichts mehr und lag mit einer schweren Lungenentzündung in einem weißgetünchten Raum in einem Bett, das er erst nach vierzehn Tagen wieder verlassen konnte.

Schon griff der Herbst wieder mit zarten Händen nach den schmückenden Sommerbildern des Landes, streichelte alles zunächst wie liebkosend und deutete doch in vielem an, daß er nun die Herrschaft an sich reißen wolle. Besonders merkte man es an den Laubbäumen, ganz leise begannen die Kronen zu erglühen, und wenn ein Wind die Blätter bestrich, dann legten sie sich auf den Boden wie leuchtende Teppiche. Berge und Täler verwandelten sich in mildere Farben, die Quellwasser plätscherten geheimnisvoller, und die Frühnebel hoben sich später, wehten wie graue Schleier um die Latschenfelder und einsamen Bergföhren, und wenn irgendwo ein Schuß fiel, dann rollte das Echo viel länger durch die Gründe des Waldes. Still wie im Gebet standen die Tannen inmitten des sich färbenden Laubes, ernst und schwermütig.

So ähnlich war es auch um das Gemüt der Sennerin Martha Reiner auf der Sölleralm bestellt, seit der Toni aus ihrem Leben verschwunden war. Es war, als sei etwas in ihr erstorben. Wenn sie nach der Arbeitsmüh am Abend vor der Hütte auf den Felsbrocken saß und das Erinnerungsbuch ihrer kurzen Liebe durchblätterte, stieg Tonis braunes Gesicht vor ihr auf, und sein Mund lächelte sie zärtlich an, immer noch zärtlich, obwohl ihn das Schicksal so sehr geschlagen hatte. Vielleicht war es auch ein dankbares Lächeln, weil er wußte, daß sie mit ihm durch alle Höllen gegangen wäre, so wie sie mit ihm durch den Himmel aller Seligkeiten gegangen war.

Es war, als hätte das Leid sie erst reifen lassen an Schönheit, in ihren Gedanken und in der Einstellung zum Leben. Auch im Willen und in der Kraft, und es war durchaus kein Lippenbekenntnis, wenn sie sagte, daß sie ihm auch in die Hölle gefolgt wäre. Seit sie wußte, wohin er gegangen war, schritt sie in so einsamen Stunden mit dem weiten Schritt eines Bergkindes neben ihm durch den Wüstensand.

O ja, man wußte überall, daß der Löschauer-Toni in die Fremdenlegion geflüchtet war. Das sprach sich weit im Tal herum, und der Söller brachte ihr diese Kunde, als er mit dem Almkarren gekommen war. Er hatte die Backen dabei aufgeblasen und so getan, als ob dies der schrecklichste von allem Schrecklichen sei. Eine Hölle, aus der es keine Wiederkehr gab.

Das sagte ihr nicht nur der Söller, das sagten ihr viele, auch das alte Weiblein mit der Nickelbrille, die ihr damals vor dem Plakat in Riedenegg gesagt hatte, daß Glück wie ein Blümerl sei, das der liebe Gott aus der Hand fallen läßt. Dieses Weiblein, die Lindlin nannte man sie, war mit ihrem Enkelkind, das an Keuchhusten litt, der dünneren Luft wegen eine Woche lang auf die Alm gekommen. »Zur Sennerin mit den traurigen Augen«, wie sie hernach im Dorf erzählte. Und diese Lindlin hatte auch diesmal wieder aus dem Schatzkästchen ihrer tausend Weisheiten etwas herausgekramt und zur Martha gesagt:

»Wer so weinen kann wie du, hat das Schwerste schon hinter sich, und einmal wirst du auch wieder lachen können, so ganz tief heraus aus dem Herzensgrund.«

Weinen, nein, das konnte sie schon lange nicht mehr. Die Tränen fielen bei ihr nach innen. Und aus tiefstem Herzensgrunde lachen, das würde sie wohl nie mehr können, es sei denn, daß eines Tages der Löschauer-Toni wieder gesund an Leib und Seele vor ihr stünde. Das, was sie für alle Besucher herzuzeigen hatte — und es kamen viele um diese Zeit —, das war ein Lächeln, wie es Bildhauer in Stein zu schlagen pflegten.

Die Stöchertin kam auch einmal vom Berg herunter, mit einem ganzen Sack voll Kräuter und Wurzeln, trank zwei Becher Milch und schlug der Martha dafür die Karten, las in ihren Handlinien und sagte hernach, daß man der nichts deuten und weissagen könne, denn in ihren Handlinien sei alles so verzweigt und verworren, daß man daraus nichts Zukünftiges lesen könne. Daß Martha ihr gesagt hatte, sie halte von dem Firlefanz überhaupt nichts, verschwieg die Stöchertin und rächte sich für die Mißachtung ihrer Künste dadurch, daß sie auf ihren weiten Wegen überall erzählte, die Sennerin von der Sölleralm habe ein Herz aus Stein. Ja, sie dichtete ihr sogar geheimnisvolle Kräfte an, denen zufolge es keinem der jungen Burschen jemals gelänge, näher als einen halben Meter an sie heranzukommen, dann sei eine steinerne Wand dagewesen.

Das hatte der Wendlinger-Schorsch am Biertisch unter seinesgleichen recht breitspurig erzählt. Der Lattner Hugo und ein paar andere hatten es bestätigt. Sie sprachen von dem verschenkten Lächeln, und wenn man darauf eingehen wollte, ja, dann sei halt diese steinerne Wand dagewesen. Sie trage ein unsichtbares Schild vor ihrer Brust, auf dem geschrieben stehe: »Reserviert für den Anton Löschauer«.

Als der Schloderer-Urban davon hörte, grinste er in sich hinein und nahm sich vor, die steinerne Wand zu durchbrechen und das Schild zu entfernen. Wenn er nur mehr Zeit gehabt hätte. Das redete er sich wenigstens ein. Die Wahrheit aber sah so aus, daß er sich in Gegenwart Marthas unsicher fühlte. Die konnte ihn dermaßen durchdringend anschauen, daß ihn fröstelte. Und das wollte bei seiner Abgebrühtheit schon was bedeuten. Er konnte an sie hinreden, wie er wollte, beschwörend und in biederer Herzlichkeit, sie wußte nie eine andere Antwort als: »So, so?« Oder: »Mhmm.«

Er hatte sie einmal angeschrien: »Weißt du überhaupt nix als ›so, so‹ und ›mhmm‹? Dann brauch ich ja gar nimmer raufkommen!«

Daraufhin hatte Martha wie befreit aufgeatmet und gesagt: »Du tätest mir schon einen recht großen Gefallen, wenn du nie mehr kämst.«

»Das werd ich mir merken«, hatte er geantwortet. »Mich siehst nimmer da heroben.«

»Hoffentlich.«

»Aber damals, gell, damals war ich schon gut genug, daß ich dem Toni zur Flucht verholfen hab. Du bist ned anders wie die Löschauer! Keinen Dank! Aber ich werd mir's merken. Vielleicht wärst noch einmal froh um mich.«

Seither hatte er die Sölleralm gemieden. Und wenn er sich die Zeit genommen hätte, einmal nachzudenken, warum gerade er, dem doch sonst auf seinen krummen Wegen alles gelang, bei den Mädchen überhaupt nicht ankam, wäre er doch nicht daraufgekommen, denn er war viel zu sehr von sich eingenommen, als daß er den Fehler bei sich gesucht hätte. Bei der Löschauer-Barbara hatte er eine Abfuhr erlitten, und auch die Martha hatte ihn nicht an sich herankommen lassen.

Und darum grinste er so in sich hinein, wenn er am Wirtshaustisch das Gerede über die Martha vernahm. Es reizte ihn zu erwidern, daß er sie ganz anders kenne. Er schüttete Wein in sich hinein, ließ seine Zunge rücksichtslos über Prahlereien stolpern, die ihm niemand abnahm, weil sie es anders zu wissen meinten.

»Mach doch keine so Sprüch«, riet ihm der Wendlinger-Schorsch. »Wir kennen die Martha doch auch.«

»So? Sprüch wären das? Muß ich euch sagen, was für sauber gewachsne Beine sie hat? Und was für Brüste? — Herrgott, Brüste hat die! Ihr müßt raten, aber ich weiß es gewiß.«

Für eine kurze Weile blieb ein Schatten von solchem Gerede auf Marthas Bild haften. Warum sollte es nicht wahr sein? Der Urban verfügte über so viele Dinge, mit denen er Mädchen betören konnte. Aber schließlich sagte es einer, der die Verbindung zu seinesgleichen längst verloren hatte, einer, der zum Bauernleben nicht mehr taugte und auf krummen Wegen Verbindungen anzuknüpfen wußte, die ihm alle Türen öffneten und die er rücksichtslos zu nützen wußte. Außer einem zweiten Lastwagen hatte er sich auch einen Personenwagen organisieren können. Für die Lastwagen hatte er zwei Kraftfahrer, den Personenwagen fuhr er selber. Daheim hatte er in der ehemaligen Geschirrkammer sich so eine Art Büro mit Telefon eingerichtet. Von dort aus liefen seine Fäden. Er war zu einem Schwarzhändler von Format geworden.

Seine ehrbaren Eltern sahen diesem Treiben mit heimlicher Angst zu. Sein Bruder Anselm verachtete ihn und stand ihm in stummer Feindschaft gegenüber. Aber das hatte einen anderen Grund. Es schwelte etwas zwischen ihnen, und einmal mußte die Lunte den Sprengstoff erreichen. Dann mußte es zur Explosion kommen.

Und sie kam. An einem Sonntagnachmittag fuhr Urban in eine entfernte Einöde zu einem Bauern, der ihm Botschaft hatte schicken lassen, daß er mit ihm gerne einen Handel abzuschließen gedenke.

Dieser Bauer war Alleinerbe eines Hofes von etwa fünfzig Tagwerk geworden und hatte fünf Geschwister auszuzahlen. Ein klobiger, unrasierter Mann empfing den Urban und führte ihn gleich hinter den Stadel, wo sie allein miteinander sprechen konnten.

»Du hast mir Botschaft schicken lassen. Um was geht's denn?«

Der Bauer schnupfte zuerst ausgiebig, nahm dann eine von Urban angebotene Zigarette und erzählte:

»Das is nämlich so. Ich hab fünf Geschwister. Nach dem Einheitswert krieget jedes fünftausend Mark. Und das möcht ich natürlich jetzt gleich machen, verstehst mich?«

»Recht gut«, grinste der Urban. »Möchtest halt ned warten, bis eine neue Währung kommt, gell?«

»Du verstehst mich. Und da hab ich mir halt denkt, ich tät dir zwei Küh verkaufen, eine um zehntausend Mark, dann hätt ich die leidige Sach hinter mich gebracht.«

Der Urban antwortete nicht gleich, tat so, als ob er rechnen müsse, obwohl es da nichts zu rechnen gab. Für zwei Kühe konnte er Ziegelsteine und Dachziegel für zwei Häuser schwarzhandeln.

»Darüber ließe sich reden«, meinte er nach einer Weile.

»Meinst, daß die Währung schon bald kommt?«

»Mei, da kann ich gar nichts Rechtes sagen. Das kann morgen schon sein oder auch erst in einem halben Jahr.«

»Wenn du es schon ned weißt, der doch alles weiß, sagt man.«

»Mei, die Leut reden viel über mich«, wehrte Urban bescheiden ab. »Aber allwissend bin ich halt auch ned. Auf alle Fälle hast recht, wenn du deine Geschwister jetzt noch ausbezahlst, hernach täten sie dir dann vielleicht aufhocken. Was man wegzahlt hat, Schoberl, des hat man wegzahlt, das druckt einen hernach nimmer.«

»Gell, das sagst du auch. Wann holst denn de Küh ab?«

»Morgen früh schick ich einen Lastwagen. Und 's Geld schick ich auch mit.«

»Fahrst du nimmer selber?«

»Wie käm ich denn dazu?« Der Urban deutete mit dem

Zeigefinger an sein Hirn. »Da drin muß man's haben. Mit den Händen kannst heutzutags nix verdienen. Im Hirn muß man's haben.«

»Sofern man eins hat.«

»Ich hab's. Ich häng mich bloß mehr ans Telefon, dann lauft alles von selber. Rehbock hast ned einmal?«

»Aber keine Büchs.«

»Das wär 's wenigste. Die kann ich dir morgen schon besorgen.«

Der Schoberl schnupfte wieder. Dann sagte er: »Haben gesagt, du hättest seinerzeit dem Löschauer-Toni auch eine Büchs besorgt.«

»Die Leut reden viel, wenn der Tag lang ist. Leider hat er halt dann Pech gehabt, der Toni.«

»Erzählt haben s', daß er in die Fremdenlegion gangen ist, der Löschauer-Toni.«

»Ich hab ihn ned dazu verleitet.«

»Meinst, daß er noch lebt?«

Der Urban nahm jetzt seine dunkle Brille ab und wischte sich mit dem Handrücken über die Augen, die leicht tränten.

»Was kann man da sagen? Wenn er Glück hat, kommt er durch, und wenn er keins hat, mei, dann ist's halt sein Schicksal. Die Schuld werden sie allweil mir aufbürden, weil die Leut ja keine Dankbarkeit kennen. Ich hab's erlebt, ich kenn die Leut. Aber ich hab ja einen breiten Buckel.«

Dann saßen sie schweigend eine Weile nebeneinander. Von dem Weiher her watschelten ein Dutzend Enten, und weiter droben auf einer Wiese weideten an die vierzehn Kühe. In regelmäßigen Abständen fielen reife Äpfel und Birnen ins Gras. Dem Urban war plötzlich ein Gedanke zugefallen. Mit dem spielte er jetzt herum und wollte ihn auf seine Weise ausnützen.

»Um wieviel Uhr kommst um die Küh?« fragte der Schoberl.

»Ganz früh schon. Sagen wir um drei Uhr.«

»Mußt das Taglicht scheun?«

»Risiko ist allweil beim Schwarzhandel. Es bleibt also dabei, um drei Uhr.«

Urban stieg in seinen Wagen, winkte nochmals zurück und verschwand auf einem Feldweg in den Wald hinein. Dort hielt er an und überlegte. Was ihm da durch Zufall wie ein Köder hingeworfen worden war, ließ ihn nicht mehr los. Er zündete sich eine Zigarette an, sinnierte hinter den Rauchwölkchen her und wurde immer nachdenklicher, als sei eine Stunde über ihn gekommen, die ihn zur Besinnung mahnen wollte. Aber es gab da nicht viel zu bedenken oder gar Reue zu empfinden. Wenn man sich nicht selber an die Brust klopfen wollte, konnte man den Wirrwarr der Zeitläufe verantwortlich machen. Jede Zeit nach einem verlorenen Krieg brachte zwangsläufig die Welt und ihre Menschen in Unordnung. Das war wie ein Sog, in den die Menschen hineinschlitterten wie in einen Novembernebel. Manche konnten sich wieder befreien, andere blieben und fanden darin ihre Bestätigung. Sie fanden in dieser zweifelhaften Existenz, die das Sonnenlicht zu scheuen hatte, einen Stützpfeiler für ihr Leben und dachten nie daran, daß diese Pfeiler auf einem wackeligen Grund stehen könnten. Der Schloderer-Urban jedenfalls dachte nicht daran. Er klammerte sich nur an das Gegenwärtige, lebte wie in einem gierigen Rausch und fühlte sich durch die Umstände der Zeit an die Macht geschwemmt. Die aber nützte er rücksichtslos aus. In ihm waren Kräfte geweckt worden, die unter normalen Umständen brach geblieben wären. Als zweitgeborener Bauernsohn wäre er höchstens Knecht seines Bruders geworden, es sei denn, daß er irgendwo in einen Hof hätte einheiraten können.

Urban zerdrückte die Zigarette im Aschenbecher und lächelte vor sich hin. Wie herrlich war es doch, Macht zu haben. Das schuf Verbindungen, von denen er sonst nicht zu träumen gewagt hätte. Er brauchte ja bloß an die Regina Bäumlein zu denken, die bildschöne Tochter des Oberregierungsrats Bäumlein. Herr Bäumlein wollte sich am Stadtrand einen Bungalow bauen, und als Urban wegen der Zulassung seines zweiten Lastwagens vorsprach, gab das Vorzimmermädchen Herrn Bäumlein einen Wink, daß der berüchtigte Schwarzhändler Schloderer im Hause sei.

Herr Bäumlein hatte den Finger auf den Mund gelegt und gesagt, dieses »berüchtigte« solle sie ja niemand hören lassen. Mag sein, daß solche Emporkömmlinge etwas Anrüchiges an sich haben, aber in diesen Zeiten brauche man sie so notwendig wie Blumen das Wasser. Sie möge doch veranlassen, daß Herr Schloderer zu ihm heraufkäme.

Mit ausgestreckten Händen war der Herr Oberregierungsrat auf den Urban zugegangen.

»Mein sehr verehrter Herr Schloderer, wie nett, daß ich Sie einmal kennenlerne. Bitte schön, nehmen Sie doch Platz. Zu rauchen kann ich Ihnen leider nichts anbieten.«

Oh, Urban erinnerte sich dieser ersten Begegnung ganz genau. Er hatte eiligst eine Packung Zigaretten herausgezogen und seinerseits angeboten.

»Danke vielmals, Herr Schloderer. Ja, was wollte ich jetzt eigentlich von Ihnen?« Herr Bäumlein hatte zur Decke hinaufgeschaut, als ob er erst nachdenken müsse. »Ach ja. Es ist mir zu Ohren gekommen, daß Sie für die Restaurierung unserer St. Ulrichskirche zwanzig Zentner Zement gestiftet hätten.«

Das habe er allerdings, und er habe es selbstverständlich sehr gerne getan. Und über eine Zuwendung für edle Zwecke brauche man doch keine Worte mehr verlieren.

»Ein bißchen ans Seelenheil dabei gedacht?« hatte Herr Bäumlein gelächelt und mit dem Finger gedroht. »Aber sagen wir einmal, Sie müßten für mich ganz privat Ziegelsteine besorgen, das läge wohl kaum in Ihrer Möglichkeit?«

»Wieviel?«

»Na sagen wir einmal — wissen Sie, mein lieber Herr Schloderer, ich hab da am Stadtrand seit langem ein Grundstück und träume — das heißt, eigentlich träumen meine Frau und Tochter — von einem Bungalow. Aber in dieser Zeit sind Träume mehr denn je nur Schäume.«

»Das kommt drauf an«, hatte Urban gesagt und sein Notizbuch gezückt. »Wieviel Ziegelsteine?«

»Fünfundzwanzigtausend.«

»Und Zement?«

»Hundertfünfzig Zentner.«

»Zu kompensieren haben Sie nichts?«

»Leider nein. Aber wissen Sie was, kommen Sie doch, sagen wir am Samstag, zu uns zum Abendessen?«

»Samstag Abendessen«, hatte Urban notiert, hatte dann den Herrn Oberregierungsrat bedeutungsvoll angesehen und gemeint, daß er die Erfahrung gemacht habe, daß eine Hand die andere wüsche. Und wenn er demnächst vielleicht auch ein Anliegen an die Behörde habe...

»Aber selbstverständlich bin ich jederzeit für Sie da, mein lieber Herr Schloderer.« Dann war er mit einem markigen Händedruck verabschiedet worden.

Das Essen am Samstag war dürftig, der Wein war sauer, aber die Tochter war schön, sie war eine Dame, gepflegt und hochintelligent und erkannte nach fünf Minuten bereits den Horizont, über den Urban nicht hinauskam. Von Literatur verstand er kaum etwas, weil er außer Ganghofers »Schloß Hubertus« nichts gelesen hatte, und von Musik verstand er überhaupt nichts. Er verstand nur von seinen Geschäften sehr viel und auch vom guten Essen und Trinken. Darum brachte er das nächstemal einen Korb mit Lebensmitteln und gutem Wein mit. Dafür durfte er dann mit der Erika Spaziergänge machen. Sie hing an seinem Arm, und sie gingen zur Baustelle hinaus. Ein schöner Platz mit einem herrlichen Rundblick über die Stadt. Links waren Steine aufgeschichtet, rechts wieder eine Mauer und dazwischen standen sie, einen rötlichen Abendhimmel über sich. Urban durfte die Dame küssen, und er dachte dabei stolz und mit Genugtuung, daß sein Leben einmal klein und unbedeutend in einer Bauernstube begonnen hatte. Er war wie trunken, weil er aus dieser Armseligkeit in die Arme einer Frau hineingetorkelt war, die einer ganz andern Welt angehörte.

Sie küßten sich und schäkerten miteinander. Sie nannte ihn »Bärlein«, bis sie ihm einmal bei zärtlichem Getändel die dunkle Brille abgenommen hatte und dann entsetzt zurückgeprallt war.

»Um Himmels willen, was hast denn du bloß für Augen?«

Dann war es aus. Der Rohbau stand, aber mit der Liebe des Fräulein Erika war es zu Ende.

Mit der Löschauer-Barbara war es doch nicht viel anders. Und in sie war er wirklich ernsthaft vernarrt gewesen. Aber als sie ihr Wort hätte einlösen sollen, hatte sie ihn zurückgestoßen, und er hörte heute noch ihren gellenden Aufschrei: »Mir graust vor dir!«

Oh, wie das noch in ihm brannte! Eine ungestillte Rache war genauso schmerzhaft wie eine Sehnsucht. Und diese Martha erst! Noch besser als sie hätte ihm keine ihre Abneigung zeigen können.

Das alles kam ihm jetzt in den Sinn. Schräg stand das Sonnenlicht schon über den Tannenwipfeln. Zwischen den Stämmen tanzten silberne Säulen von Mücken. Es war noch sehr warm für die Jahreszeit. Vielleicht könnte man sogar noch ein Bad nehmen in dem Moorweiher, den er in der Nähe wußte. So stieg er aus dem Wagen und schlenderte auf einem Fußweg zwischen den Stämmen dahin, die sich alsbald lichteten. Inmitten einer sauren Wiese, auf der schon die Herbstzeitlosen blühten, lag der kleine See, umrandet von hohem Schilfgras. Das Wasser war braun, wie eben Moorwasser es sind.

Auf einmal verhielt er den Schritt. Er hatte Stimmen vernommen, dann ein Frauenlachen und wieder die dunkle Stimme, die er kannte. Vorsichtig bog er die Zweige eines schon welkgewordenen Weißdornbusches auseinander und — da sah er sie.

Mit dem Rücken an die Bretter eines schon windschiefen Torfstadels gelehnt, saßen sie da. Sein Bruder Anselm und die Löschauer Barbara. Wahrscheinlich hatten sie gebadet, denn das Badezeug lag vor ihnen zum Trocknen ausgelegt. Anselm hatte den Arm um die Schultern des Mädchens gelegt.

Rasende Eifersucht, Wut, verletzte Eitelkeit, das alles überfiel den Urban mit solcher Wildheit, daß er die Zähne in den Handrücken beißen mußte, um nicht laut aufzuschreien. Er wagte kaum zu atmen, aus Angst, daß ihm ein Wort ihres Gespräches entginge. Und was er da zu hören bekam, das war wie ein Schlußstrich unter alle seine Hoffnungen.

»Solang der Urban im Haus ist bei euch«, sagte Barbara soeben, »so lang, Anselm, kann ich dich ned heiraten.«

»Der muß aus dem Haus«, antwortete Anselm. »Kürzlich hat er sowieso davon geredet, daß er sich ein Haus bauen will.«

»Wenn es nur ned wieder bloß Sprüche sind«, meinte Barbara, beugte sich vor und umschloß mit beiden Händen Anselms Gesicht. »Ach, Anselm, wenn ich dich ned gar so gern hätte!«

»Lieber als ich dich kannst mich auch ned haben.«

»Doch, Anselm. Du hast es bloß so lang ned gemerkt. Ich hab dich schon gern gehabt, wie wir noch zur Schul gangen sind. Und hernach dann — weißt es denn nimmer, wie ich auf dem Almtanz bei der Damenwahl dich geholt hab und ned den Urban?«

Er nickte und küßte sie.

»Dann aber, Barbara, ich hab gemeint, ich müßt ihm an die Gurgl springen, wie er dich bei uns hinter der Tennbrücke beinah erpreßt hat und du in deiner Not dann gesagt hast, er soll am Samstag kommen. Du hast mich ned gemerkt an dem Samstag. Ich bin bei euch in der Mauernischen gestanden, und es wär unweigerlich was passiert, wenn er Gewalt angewendet hätt.«

Daraufhin blieben sie eine ganze Weile still. Barbara strich sich ein paar lockere Haare aus der Stirn.

»Es sind ned seine Augen allein, Anselm, die ihn so unsympathisch machen. Das ist sein Charakter, seine Hinterhältigkeit, sein Größenwahn, seine Unehrlichkeit und vor allem, wie er mit den Menschen spielt. Mein Vater sagt oft, der Urban geht über Leichen, wenn irgendwo ein Geschäft rausschaut.«

»Das ist ja auch bei uns daheim der ganze Verdruß. Kein Mensch weiß, woher er das hat. Er ist ganz einfach aus der Art geschlagen.« Unvermittelt umfing Anselm heftig ihre Schultern. »Denk nicht mehr dran, Barbara, er soll ned wie ein Schatten zwischen uns stehen.«

Barbara schüttelte heftig den Kopf und lachte wieder, so hell und klingend, daß es dem Lauschenden wie ein Messer ins Herz fuhr.

»Er kann ja gar ned zwischen uns stehn, Anselm, denn — du bist ja ganz anders und — dich hab ich gern, Anselm.«

Da drehte sich Urban leise um und schlich den Weg zurück zu seinem Wagen.

Ein paar Tage später sagte Urban dann während des Abendessens so ganz beiläufig, als handle es sich nur um eine Bagatelle:

»Wieviel Grund ist da droben am Taubenbergl?«

Der Schloderer löffelte zuerst noch seinen Teller aus, dann lehnte er sich zurück.

»Drei Tagwerk, warum?«

»Weil ich mir da ein Haus bauen möcht.«

»Des ist ja gar kein Baugrund?«

»Laß das nur meine Sorge sein. In acht Tagen ist es Baugrund, wenn ich will.«

»Da brauchst doch ned gleich drei Tagwerk dazu«, mischte sich die Schlorderermutter ein.

»O ja. Man muß um ein Haus rumgehn können. Und zu einem Haus — zu meinem Haus — gehört ja dann auch eine große Wagenremise und ein Schwimmbad. Unter einem Schwimmbad tu ich's ned. Oder soll ich vielleicht zum Moorweiher nausgehn zum Baden so wie andere?«

Rasch hob Anselm den Kopf und schaute den Bruder scharf an. Daheim in der Stube pflegte Urban seine Brille nicht zu tragen. Dann sprach Urban schon weiter:

»Oder langst du vielleicht mit den achtzig Tagwerk ned, die noch beim Hof sind?«

»Warum? Hab ich was gesagt?« fragte Anselm, nahm sich noch einen Schöpflöffel voll Tiroler Gröstl heraus und aß weiter.

»Aber denkt hast dir was?«

»Gedanken sind allweil noch frei, denk ich.«

»Dann wird's halt so sein, wenn du bauen willst«, nahm der Schloderer wieder das Wort, »daß du dein Erbteil ausbezahlt haben willst?«

Da mußte der Urban so lachen, daß es ihn geradezu schüttelte. Das Wasser rann ihm förmlich aus den Augen, und immer wieder brach er in einen neuen Lacher aus, schlug sich dabei auf die Schenkel, bis Anselm seinen Zorn nicht mehr bändigen konnte.

»Lach ned so blöd! Sonst schmier ich dir eine!«

»Um Gotts willn! Jetzt geht's schon wieder an!« jammerte die Mutter.

»Wer, du?« grölte Urban. »Da mußt schon früher aufstehn! Schaust denn mich für blöd an, daß ich mir jetzt mein Erbteil auszahln laß, wo man ned weiß, wann 's Geld verreckt? Da tät ihr ein paar Küh verkaufen oder ein paar Kubikmeter Holz, und der Urban wär billig nausbezahlt. Und dafür hätt ich mich meiner Lebtag daheim geschunden!«

»An Hax hast dir grad ned ausgerissen«, sagte der Schloderer, und die Mutter fügte hinzu:

»Die letzten Jahr hast dich belzt, wo du können hast, und bist der Arbeit ganz schön aus dem Weg gegangen.«

»Mein G'schäft tragt mehr.«

»Aber was das für G'schäfte sind, das sagst ned. Schämen muß man sich, und oft mag ich gar nimmer unter de Leut gehn.«

»In de Kirch gehst schon, und drüber naus ist es ganz gut, wenn ihr Weiber ned stundenlang beim Ratschen beieinandersteht.«

»Sag einmal«, fuhr Anselm auf, »wie redest denn du mit der Mutter!«

»Ich sag grad alles, was ich denk. Und du brauchst dich gar ned so aufzumandeln. Heiratst ja einmal eine, die ganz schön was ins Haus bringt. Aber solang ich im Haus bin, will sie ja ned rein zu uns. Drum bau ich jetzt.«

»Ja, bau, dann haben wir endlich Frieden im Haus.«

»Das tu ich schon. Und die Langhaxerte vom Löschauer, das falsche Frauenzimmer — nein, ich sag nix mehr. Die paßt schon zu dir! Gleich und gleich gesellt sich gern!«

Der Schloderer fing gerade noch die Faust seines älteren Sohnes ein.

»Hättest ihn doch herhaun lassen«, spöttelte Urban und stand auf, ging hinaus und schlug die Tür hinter sich zu. Aber fünf Minuten später prallten sie doch aufeinander. Urban wollte gerade in seinen Wagen steigen, als plötzlich Anselm hinter ihm stand und ihn am Joppenkragen zurückriß.

»So, Brüderl! Jetzt rechnen wir einmal ab miteinander!«

Anselm war etwas kleiner als Urban und torkelte zunächst von dessen Stoß zurück. Aber dann sprang er ihn wie eine Katze an und schlug dem Urban mit einem Faustschlag zwischen die Augen.

»Das für das falsche Frauenzimmer! Und das —«, der zweite Schlag saß unterhalb des rechten Auges und riß das Jochbein auf, »das für deine sonstigen Frechheiten! Und wenn dir jetzt noch was ned paßt, dann sag es!«

Der Urban spürte, wie ihm das Blut die Wange herunterlief. Er schob die Unterlippe vor und fing es auf. Dann erst zog er das Taschentuch, hielt es auf den klaffenden Riß und führte einen blitzschnellen Schlag in Anselms Gesicht. Ebenso blitzschnell duckte der weg. Er war eben schneller, gewandter als der Urban. Urban schnappte nach Luft und schien aufgeben zu wollen.

»Jetzt zieh ich aus! Das tut kein Gut mehr mit uns zwei. Aber geschenkt ist dir des ned. Was bist du überhaupt für ein hinterlistiger Hund! Zuerst schnappst mir die Barbara weg —«

»Die war dir ned wegzuschnappen, weil die schon von Anfang an zu mir gehört hat, bloß daß du einmal Bscheid weißt. Seit zwei Jahren sind wir ein Herz und eine Seel. Am letzten Sonntag war ich beim Löschauer und hab ihm ehrlich gesagt, daß ich die Barbara als meine Bäuerin möcht.«

»Der erst!«

»Zu dem kannst du dich noch lang ned hinstellen! Der Löschauer ist ein Ehrenmann, und daß er mit dir nix zu tun haben will, brauchst ihm ned verdenken, denn der weiß doch genau, daß du den Toni auf dem Gewissen hast!«

»Weil's nur grad wieder ich bin.«

»Wer hat denn dem Toni den Stutzen verschafft? Du doch!«

»Weil er mich so lang drangsaliert hat. Hintnach ist freilich alles leicht auf mich zu schieben! Ach was! Steigt mir doch alle miteinander den Buckl nauf!«

Er riß die Wagentür auf, ließ sich in die Polster fallen, und bevor er die Tür zuschlug, stieß er noch schnell und wuchtig mit seinen Stiefeln nach den Schienbeinen des Bruders. Dann fuhr er mit aufheulendem Motor davon.

Er kam nicht mehr heim in dieser Nacht. Am anderen Morgen schickte er einen von seinen Kraftfahrern mit dem Lastwagen her, der seine Sachen abholen sollte. Er selber müsse jetzt drei Tage in die Rheinpfalz fahren und werde das Elternhaus nicht mehr betreten.

»Gott sei Dank«, sagte Anselm.

»Dann soll er halt draußbleiben«, meinte der Schloderer.

Nur die Mutter weinte. Denn wenn er ihr auch in den

letzten Jahren Kummer gemacht hatte, er war halt doch auch ihr Sohn.

Hinter der Gladerwand stand eine rabenschwarze Wolke, und Martha sah, wie aus ihr ein greller Blitz herauszuckte. Aber der Donner ließ eine Weile auf sich warten und hörte sich an wie das Gepolter auf einer Kegelbahn.

Herbstgewitter! Eine seltene Erscheinung. Aber es war sehr schwül gewesen an diesem Tag, so daß es eine Wohltat war, als es plötzlich wie mit Kübeln herunterschüttete. Ganz kurz nur, dann war die schwarze Wolke schon vorübergezogen, die Sonne lachte wieder herunter, und die Almfelder begannen zu dampfen.

Martha stand hinter dem Fenster der Almhütte und hatte auf einmal einen Schreck, der ihr lähmend in alle Glieder fuhr. Sie preßte beide Hände aufs Herz, und ihr Gesicht wurde blaß.

Das Latschenfeld herunter kam ein Mann. Ein hochgewachsener Bauernmensch mit knabenhaft schmalen Schultern. Narrte sie denn ein Spuk? Dieser Gang, diese Haltung, die rechte Hand, wie er sie beim Gehen bewegte! Er mußte mitten in den Regen gekommen sein. Er nahm den Hut ab und schwenkte das Wasser aus. Jetzt erst erholte sich Martha von ihrem Schreck. Sein Haar war wohl auch blond, aber an der Stirne schon arg gelichtet und an den Schläfen ergraut.

Wie hatte sie nur einen Augenblick denken können, daß der Toni käme. So wie damals oft. Ach, wie lange war das schon her ...

Immer näher kam der Mann in der ledernen Bundhose, den grauen Wadenstrümpfen und der braunen Lodenjoppe. Er schien arg naß geworden zu sein; Martha trat jetzt vor die Hütte, und der Löschauer blieb vor ihr stehen. Er stand mit schiefgehaltenem Kopf, als suche er etwas an ihr. Dann lächelte er und sagte:

»Du bist also die Sennerin mit den traurigen Augen?

Kommt mir aber ned so vor. Deine Augen sind klar wie das Brunnenwasser dort. Grüß dich Gott, Madl.«

»Martha heiß ich.«

»Ich weiß, ich weiß. Oder auch die Sennerin mit dem steinernen Herzen. Und mich kennst ja?«

Martha schwieg eine Weile. Sie kannte den Löschauer und kannte ihn auch nicht.

»Wenn ich dich so anschau, könntest du vielleicht der Löschauer sein, der Schlegl am Holz.«

»Ich könnte es nicht sein, ich bin's schon.« Der Löschauer streifte seine Joppe ab und hängte sie über das Geländer. Dann sah er sie wieder an. »Meinen Buben, den Toni, hast besser kennt, gell?«

Ein tiefer Atemzug hob ihre Brust. Dann ein schwerer Seufzer.

»Ach, der Toni. Weißt gar nix von ihm?«

Der Löschauer schüttelte den Kopf, nahm hinter dem Tisch Platz und zog seine Uhr. »Drei Uhr erst. Und das Gewitter, was? Ein paar Blitz und Donnerer, ein Regenguß, und schon zeigt sich wieder blauer Himmel. Wenn es nur im Menschenleben auch so wär. Aber da kommt eine schwarze Wolke und bleibt über einem hängen. Manchmal meint man, sie möcht einen erdrücken. Er war wohl oft bei dir heroben, mein Toni?«

»Was man halt in der kurzen Zeit oft nennen kann. Was darf ich dir denn jetzt bringen, Löschauer? Milch oder Wein?«

»Wein?«

»Der Söller hat das letztemal zwanzig Flaschen Rotwein mit raufgebracht.«

»Aha, geschwärzt wahrscheinlich aus dem Tirolerischen rüber. Bring mir ein Krügerl, Martha.«

So also sah sie aus, die Martha, von der so viel geredet wurde. Nur der Toni hatte nie von ihr geredet, geradeso, als ob er Angst gehabt hätte, ihm, dem Vater könnte es vielleicht nicht recht sein, weil sie halt doch bloß eine

Magd war. Als ob man heutzutags nicht froh sein müßte, ein Mädl zu finden, das noch ehrlichen Herzens zum Bauerntum hält. Die Barbara, ja, die hatte ihm einmal von der Martha erzählt, aber dann war das Unglück gekommen und hatte alles andere begraben.

Da kam die Martha mit dem Wein in einem Halbliterkrügl und stellte zwei Gläser auf den Tisch. Sie schenkte ein und hob ihr Glas.

»Auf die Gesundheit, Löschauer.«

»Auf dein Wohl, Martha.«

»Auf dem Toni seine, falls er überhaupt noch lebt.«

Erschrocken stellte Martha ihr Glas nieder, ohne getrunken zu haben.

»Natürlich lebt er.«

Betroffen schaute er sie an. Zuversicht und Glaube strahlten aus ihren Augen. Sie sah ihn ganz fest an, wie jemand, der sich nicht irrt und auch bei anderen keinen Irrtum gelten lassen will. Ganz frei fühlte er sich auf einmal unter ihrem Blick, wie von aller Niedergeschlagenheit befreit.

»Weißt du das so gewiß, Martha?«

Sie nahm den Kopf zurück und schaute zum Himmel auf, wo zwei Bussarde hoch über dem Latschenfeld kreisten. Dann nickte sie:

»Ja, das weiß ich. Weil niemand aus einem Herzen fortgeht, ohne daß er ihm ein Zeichen gegeben hätte.«

»Ah, so meinst du? Kein Zeichen also?« Der Löschauer nahm einen kleinen Schluck vom Wein. »Hast ihn wohl recht gern, unsern Toni?«

»Viel mehr als mein Leben.«

»Das will ned viel heißen. Bist ja kaum zwanzig, oder?«

»Heuer bin ich's geworden. Grad ein paar Tag, nachdem der Toni fort hat müssen.«

Der Löschauer senkte den Kopf und schaute wie verloren in das Weinglas hinein, als suche er in der Neige die Antwort auf all die Fragen, die ihn in den paar Monaten zermürbt und das Grau in seine Schläfen gebracht hatten. Dann nahm er den Kopf zurück und schaute die Martha wieder an.

»Fort hat müssen, sagst du auch. Heut weiß ich, daß alles ned hätte zu sein brauchen. Daß es nur sein böser Geist war, der ihn ins Elend hineingehetzt hat.«

»Der Schloderer-Urban«, sagte Martha mit der Überzeugung, daß auch der Löschauer keinen anderen meinen könne.

Der Löschauer nickte und fuhr fort: »Du wirst ja keine Zeitung in die Händ kriegen, da heroben? Ich aber hab sie noch nie so verfolgt wie jetzt. Was da in Indochina zurzeit passiert, könnt einem die Haut schaudern lassen. Zu Hunderten sterben sie da im Urwald, junges deutsches Blut, für fremde Interessen. Der Aasgeier, den Urban mein ich, hat zwar behauptet, den Toni hätte es selber in die Fremdenlegion gedrängt, aber das kann ich nicht glauben.«

»Ich auch ned. Wenn der Urban 's Maul aufmacht, dann muß er hernach gleich fest schlucken, daß er an seinen Lügen ned erstickt.«

»Da hast recht, Martha. Wenn ich dran denk, daß unser Toni unter den Toten sein könnt.«

»Nein, der Toni ist ned dabei, Löschauer. Das tät ich spüren.«

Impulsiv griff der Bauer nach der Hand des Mädchens und hielt sie fest. In seinen Augen war jetzt ein hoffender Glanz, die Härte um seine Mundwinkel verlor sich.

»Wenn ich dich so reden hör, Mädl, dann wird mir leichter ums Herz. Wo hast du denn bloß den Glauben her?«

»Aus mir selber, Löschauer.«

»Du müßtest mal runter kommen zu uns. Mit der Mutter müßtest so reden. Die hat es am härtesten getroffen. Ist auch ein bißl viel für sie. Einen Buben im Krieg verloren und jetzt auch vom Toni nix mehr wissen. Du kannst halt schlecht weg da heroben, gell?«

»Ein paar Stunden könnt ich mich schon freimachen.«

»Komm, Martha, ich bitt dich recht herzlich.«

»Da brauchst ned bitten, Bauer. Wenn ich dir einen Gefallen tun kann. Morgen geht's ned, da kommt der Söller ums Almgut. Aber übermorgen, am Nachmittag.« Sie schenkte die Gläser wieder voll und stieß mit ihm an. »Auf daß alles wieder gut wird!«

Nachdem er sein Glas niedergestellt hatte, lehnte er sich zurück und meinte:

»Zuerst hab ich Hemmungen gehabt, zu dir raufzukommen. Heut hab ich droben im Christianwald nachschaun müssen, was wir im Winter dort schlagen werden, und da hab ich mir denkt, mußt doch einmal nachschaun bei der Sennerin mit dem steinernen Herzen. Und derweil —«

»Das hat die Stöchertin ausgesprengt«, unterbrach ihn Martha und lachte. Zum erstenmal nach langer Zeit konnte sie wieder einmal herzlich lachen. »Jetzt kennst mich!«

»Ja, jetzt kenn ich dich, und jetzt versteh ich auch, daß mein Toni dich hat gern haben müssen. Selten, daß ich einmal zu einem Menschen so schnell Vertrauen gefaßt hätt wie zu dir. Ich weiß ned, wenn ich mit dir red, mein ich grad, ich red mit dem Toni. Und dir kann ich's ja jetzt sagen, zu meiner Frau kann ich das ned sagen, die tät sich sonst zu Tod grämen: Kürzlich war der Rehbusch bei mir und hat mir erzählt, daß überhaupt nix zur Anzeig gekommen und alles im Sand verlaufen wär, wenn ned ein anonymer Brief geschrieben worden wär.«

Und wieder, wie in einer plötzlichen Eingebung, sagte Martha: »Der Schloderer-Urban.«

»Wenn man das beweisen könnt, Mädl!« Er schaute seine beiden Handflächen an. »Mit den Händen tät ich ihn erwürgen. Aber das wird sich nie beweisen lassen. Der Hund ist zu raffiniert. Aber merkwürdig, daß auch du den gleichen Gedanken hast. Ich werd auch den Verdacht ned los. Wenn er doch bloß ned in die Fremdenlegion gegangen wär, mein Bub.«

»Ich hab ihn ja verstecken wollen bei mir, aber er war

ja ganz durcheinander, und der Urban hat ihm grad das Verkehrte eingeredet. Aber wir reden und reden, Löschauer, und ich frag dich gar ned, ob ich dir was auftischen sollt.«

»Laß nur, Mädl. Es war gut, daß ich dich kennengelernt hab. Und jetzt muß ich sowieso heimwärts trachten. Die Mutter hat's mit dem Herzen, und wir dürfen sie kaum allein lassen. Dann bleibt es bei übermorgen?«

»Ja, Löschauer, ich komm.«

Er stand auf und griff nach seiner Joppe. Martha half ihm hinein, und keines wußte hernach, wie es gekommen war. Martha barg plötzlich ihren Kopf in seiner Armbeuge und schluchzte laut auf.

»Aber geh, Mädl, was hast denn jetzt?« Er legte die Hand auf ihr Haar, griff ihr dann unters Kinn, daß sie zu ihm aufschauen mußte.

»Kann nix dafür«, schluckte sie. »Mußt ned glauben, Löschauer, daß ich ned jede Stund an den Toni denk. Drum hab ich ja 's Lachen verlernt. Heut hab ich zum erstenmal wieder so richtig lachen können. Und denk dir, wie ich dich vorhin so übers Latschenfeld runterkommen sah, da hab ich gemeint, es wär der Toni.«

Nun konnte auch er lachen. Mit dem Handrücken wischte er ihr die Tränen von den Wangen und meinte:

»Ja, ich weiß, er sieht mir runtergerissen gleich, der Toni. Ein paarmal hat man uns sogar für Brüder angeschaut. Bloß bin ich um gute dreißig Jahr älter. Aber denk dir für einen Moment, ich wär wirklich der Toni, und gib mir ein Bußl!«

»Warum ned?« Sie schlang die Arme um seinen Hals und küßte ihn auf beide Wangen. Genauso jäh ließ sie ihn wieder los und rannte mit brennrotem Gesicht in die Hütte zurück.

Kaum eine Woche später sickerte durch alle Gassen des Dorfes Riedenegg bis zu den letzten Einöden hinauf das Gerücht, daß der Bauernsohn Anton Löschauer vom Schlegl am Holz in Indochina gefallen sei. Eine Hiobsbotschaft, die beim Schlegl am Holz alles Leben zu lähmen schien.

Als der Löschauer sich vom ersten Schreck erholt hatte, blieb ihm nichts anderes übrig, als den bitteren Weg zu gehen, um zu erfahren, was nun Wahrheit oder nur Gerücht war. Dieser Weg führte ihn zunächst ins Pfarrhaus, zu dem sie seit jeher ein gutes Verhältnis gehabt hatten.

Pfarrer Lobrein führte ihn sofort in sein Zimmer.

»Ich habe Ihren Besuch erwartet, Löschauer. Das ist ja furchtbar. Bitte, nehmen Sie doch Platz.«

Dem Löschauer gab es einen Riß, und etwas schien über ihm zusammenfallen zu wollen.

»Dann ist es also — kein Gerücht?«

»Ich fürchte, nein, Löschauer.«

Der Bauer wurde plötzlich ganz grau im Gesicht. Schwerfällig ließ er sich in den Sessel fallen und preßte in stummem Schmerz die Hände vors Gesicht.

»Uns bleibt aber auch schon gar nichts erspart.« Er hob die Augen, und seine Stimme klang jetzt wie hartes Fordern. »Sagen Sie jetzt nicht, Herr Pfarrer, das wäre Gottes Fügung. Ich müßte Ihnen sonst die Frage stellen, wieso Gott immer nur die einen züchtigt und die andern nicht. Ich hab mich meiner Lebtag bemüht, das Rechte zu tun —«

»Ich weiß, ich weiß, Löschauer. Und ich verstehe auch Ihre Verbitterung, aber —«

»Haben Sie denn gar schon was Amtliches? Dann wäre es aber unverantwortlich, wenn Sie nicht sofort zu mir gekommen wären.«

»Nein, Löschauer, ich habe nichts Amtliches. Und ich glaube, das wird erst nach vielen, vielen Umwegen und nach einer langen Zeit zu erfahren sein. Das ist ja alles so kompliziert jetzt.«

»Woher aber kommt dann dieses Gerücht?«

Der Pfarrer setzte sich jetzt dem Löschauer gegenüber, preßte die Fingerspitzen seiner Hände gegeneinander und suchte sichtbar nach den rechten Worten.

»Ich war gerade im Begriff, Löschauer, zu euch zu kommen. Vor zwei Tagen, spät abends schon, ging die Hausglocke. Und als die Theres nachschaun ging, stand der Schloderer-Urban draußen und verlangte mich zu sprechen.«

»Ach, daher weht der Wind!«

»Ich weiß, der Urban ist eine zwielichtige Gestalt. Aber was er mir erzählte, das klang so folgerichtig, daß ich schließlich meine Zweifel überwand. Er sei gerade aus der Rheinpfalz zurückgekommen, dort habe er einen entlassenen Legionär getroffen, und der habe ihm erzählt, wo und wie der Legionär Anton Löschauer gefallen sei. Ich war immer noch skeptisch, da griff er in seine Joppentasche und zog ein Medaillon hervor, das ihm jener Legionär ausgehändigt habe. Der Anton habe es ihm kurz vor seinem Tod übergeben mit der Bitte, es seinen Eltern zu überbringen.«

»Wo ist das Medaillon?«

Der Pfarrer stand auf, zog die Schublade seines Schreibtisches heraus und hielt dem Löschauer das Kettchen mit dem Medaillon hin. Der griff hastig danach und betrachtete es nur kurz.

Ja, das hatte der Toni getragen. Als er einmal mit seiner Bäuerin nach Altötting gefahren war, hatten sie es dort gekauft. Die Löschauerin hat es dem Toni um den Hals gehängt, als er in den Krieg mußte.

»Ja, Herr Pfarrer, das hat unserm Toni gehört.« Seine Stimme klang wie erloschen. »Und jetzt gibt es wohl keinen Zweifel mehr. Trotzdem muß mir der Schloderer die Adresse von dem Mann sagen, der mit dem Toni beisammengewesen ist.« Ein hartes, gequältes Lachen. »Muß ihm ja doch danken für seine Müh.«

»Ich nehme Ihnen das gerne ab, Löschauer. Ich weiß, daß Sie mit dem Schloderer nicht auf gutem Fuß stehen.«

»Weil der an allem schuld ist, Herr Pfarrer.« Der Löschauer schob das Medaillon in die Westentasche. »Was soll ich jetzt tun, Herr Pfarrer? Bevor ich nichts Amtliches in der Hand hab. Ich weiß ned, ich weiß ned, Herr Pfarrer, mir kommt das alles so undurchsichtig vor. Wenn ein anderer diese Nachricht bracht hätte ... Aber ausgerechnet der Schloderer.«

»Jetzt passen Sie einmal auf, Löschauer. Der Schloderer, ich such ihn sofort auf, muß mir die Adresse des Mannes geben, der ihm das Medaillon ausgehändigt hat. Dann werde ich ihm sofort schreiben.«

»Ja, bitt schön, Herr Pfarrer.«

»In drei Tagen könnten wir dann Bescheid haben.«

Und tatsächlich, drei Tage später bekam Pfarrer Lobrein einen Brief aus Bergzabern von einem gewissen Stefan Hutterer, der all das bestätigte, was der Schloderer-Urban dem Pfarrer erzählt hatte.

Urban hatte wieder einmal ganze Arbeit geleistet.

Müde, graue Tage gingen über das Land. Zuweilen waren dann die Berge ganz in Nebel gehüllt, und wenn ein Windstoß die Wolken entzweiriß, dann sah man, daß die Spitzen wie mit Puderzucker überstäubt waren. Jeden Tag ein bißchen weiter herunter. Die Laubbäume hatte der Sturm längst entblättert. Nur die Fichten und Tannen standen noch grün, dunklen Säulen gleich, die aus moderndem Laub emporstiegen.

Der Almsommer ging zu Ende. Eine Woche noch, dann mußte Martha mit dem Vieh hinunter auf den Söllerhof. Und je näher der Tag heranrückte, desto schwerer wurde ihr ums Herz. Sie durfte gar nicht daran denken, mit welchen Erwartungen sie vor fünf Monaten heraufgezogen war. Der Sommer hatte so gnadenvoll begonnen, und an einem Sonntagmorgen war dann alles zerbrochen.

Seit man ihr vor einer Woche vom Schlegl am Holz Botschaft heraufgeschickt hatte, daß der Toni nicht mehr am Leben sei, wußte sie selber kaum noch, wie sie weiterlebte. Ihr unbeirrbarer Glaube war zerbrochen, und manchmal war es, als fänden ihre Hände nirgends mehr einen Halt, als müßte sie niedersinken. Und doch, und doch. In ihrem Herzen brannte noch ein Flämmlein, das einfach nicht erlöschen wollte. Der Verstand war bereit, das Ungeheure anzunehmen, aber das Herz weigerte sich, es aufzunehmen. Sie war mit Märchen und Sagen groß geworden, und sie sagte sich, wenn der Toni wirklich tot sein sollte, dann hätte er sie dies durch irgendein Zeichen wissen lassen. War damals, als ihr Vater gefallen war, nicht auch die Uhr daheim plötzlich stehengeblieben? Und hatten sich nicht beim Bruckner im Moos drei Kühe im Stall losgerissen, als den Bauern im Wald ein Baum erschlug? Oh, es gab so viele Zeichen und Deutungen im Bauernleben. Warum sollte sie nicht von einem davon berührt worden sein?

Ohne Lust tat sie ihre Arbeit. Am Nachmittag hatte sie Latschen geholzt, um Kränze davon zu binden zum Schmuck der Herde für den Abtrieb. In der Ecke der Hütte lag schon ein ganzer Haufen gebunden. Nur die Papierröserl mußten noch eingesteckt werden. Gegen Abend hatte Regen eingesetzt, und sie hatte die Kühe nicht mehr aufs Almfeld hinuntergelassen nach dem Melken.

Über dem Tisch brannte die Petroleumlampe. Im offenen Herd glühten die Buchenscheite, und Martha saß dicht davor auf einem Hocker und steckte Röslein um Röslein in den Latschenkranz. Ihre Finger waren zerstochen von den Latschennadeln. Manchmal ließ sie die Hände im Schoße ruhen und starrte in die Glut oder bückte sich und warf ein paar Scheite nach. Dann stieg ein bläulicher Rauch auf, bis die neuen Scheite von der Glut erfaßt waren.

Ein kalter Wind pfiff draußen um die Hütte. Im Kamin ließ er ein leises Singen vernehmen, und dann klopfte Regen an die Fensterläden, prasselte heftiger und übertönte den leisen Schlag des Perpendikels der kleinen Wanduhr.

Auf einmal fielen ihr die Augen zu, der Latschenkranz glitt von ihren Knien, nur die Papierröslein hielt sie noch zwischen den Fingern. Gleich aber schreckte sie auf und sah auf die Uhr. Es war um die elfte Nachtstunde.

»Werd mich schlafen legen jetzt«, sagte sie leise, streifte Leibchen und Kittel ab und begann vor dem halbblinden Spiegel ihr langes blondes Haar zu kämmen. Es knisterte zwischen den Zähnen des Kammes. Hernach steckte sie es wieder auf und ging in die Kammer hinaus. Sie zog die Decke weit übers Kinn, lag ausgestreckt und zählte von eins bis hundert und wieder zurück, aber der erlösende Schlaf wollte nicht kommen. Dafür kamen die Gedanken, einer bewegter und schwerer als der andere. Sie verschränkte die Hände hinter dem Kopf und sah ins Dunkel hinauf. Eintönig rauschte der Regen um die Hütte. Solange es rauscht, dachte Martha, ist kein Schnee unterm Regen. Dann müßte sie morgen gleich die Herde heimbringen, und sie könnte dann nicht dabei sein, wenn sie in der Kirche zu Riedenegg drunten für den Toni einen Seelengottesdienst abhielten.

Aber es rauschte weiter, ein wohlvertrauter Ton stand um die Hütte, ein trauriger, klagender Ton, und jeder Tropfen, der auf das Dach klopfte, teilte die Zeit wie mit Sekundenschlägen.

Auf einmal richtete sich Martha in den Kissen auf. War da nicht ein Geräusch gewesen, als wenn jemand auf die Kiesriesel, die um die ganze Hütte herum aufgeschüttet waren, getreten wäre?

Da wurde auch schon an den Fensterladen geklopft.

»Ja? Wer ist draußen?«

Martha wußte später nie zu sagen, warum sie mit untrüglicher Sicherheit gedacht hatte, dies könnte nur der Toni sein.

»Mach auf«, sagte die Stimme draußen. Und da wußte sie es, diese Stimme hätte sie unter Tausenden herausgekannt! Aber Freude und Schreck waren so groß, daß sie keinen Ton herausbrachte. Die Kehle war ihr wie zugeschnürt. In fliegender Hast schlüpfte sie in Rock und Leibchen und suchte mit den Zehenspitzen nach den Pantoffeln unterm Bett.

Dann öffnete sie das Fenster und stieß die Fensterläden auf. Ein bleiches, regennasses Gesicht tauchte in der Dunkelheit auf, zwei zitternde Hände langten über die Brüstung, umschlossen ihr Gesicht, und eine schluchzende Stimme stöhnte ihren Namen.

»Ach, Martha — endlich, Martha ...«

»Ich hab's doch gewußt! Ich hab's doch gewußt!« stammelte sie immer wieder und küßte ihn, bis er sich losmachte.

»Ich hab noch einen Kameraden bei mir, Martha.«

Sie vergaß sich zu bücken und stieß mit der Stirn an den niederen Türbalken. Aber zum Glück fand sie dann die Streichhölzer gleich und zündete die Öllampe an. Dann riß sie die Tür auf und flog in Tonis weitausgebreitete Arme. Sie weinten beide zugleich, konnten nichts sprechen. Scheu und bescheiden stand der Jörgl Arnstaller hinter ihnen, ebenfalls durchnäßt und müd wie ein Ackergaul, bis der Toni sich besann:

»Da geh her, Jörgl — schau, das ist die Martha, meine Martha. Und das ist der Jörgl Arnstaller. Ein guter Kamerad. Ohne ihn könnt ich jetzt ned bei dir sein.«

Martha streckte dem Tiroler beide Hände entgegen. In seinem bärtigen Gesicht blitzten die weißen Zähne.

»So, du bischt also die Martha. Jetzt versteh ich so manches!«

»Hunger«, sagte der Toni, und an seiner Stimme erkannte sie jetzt erst, wie matt und abgeschlagen er war.

»Setzt euch doch nieder«, forderte Martha, schürte in fliegender Hast die Glut, warf Scheite darauf und rührte einen Teig an. Sie konnte es immer noch nicht fassen. Das war das Wunder, das große, unfaßbare Wunder! Eine Gnade des Himmels war es! Und während sie am Herd werkte, mußte sie immer wieder zum Tisch hinsehen. Da saßen die zwei Männer mit den bärtigen Gesichtern und den tief in den Höhlen liegenden Augen. Ach, sie hatte solche Sehnsucht, ihn zu berühren, wie um sich zu vergewissern, daß das alles kein Traum war, sondern Wirklichkeit. Müd den Kopf an die Wand gelehnt, saß der Toni da, den man für tot hielt und für den man morgen in der Kirche beten würde. Wie mager er geworden war! Das Licht fiel auf sein ausgezehrtes Gesicht, und sein Mund war so bitter und schmal zusammengeklemmt. Gegen ihn schien sich der kleine Tiroler gut gehalten zu haben. Dessen Augen strahlten schon wieder fröhliche Zuversicht aus.

Dann stellte Martha die Schüssel mit dem dampfenden goldgelben Schmarrn auf den Tisch.

»So, ihr lieben Buben, jetzt langt aber fest zu!« Sie brachte noch Milch herbei und saß dann dem Toni gegenüber, jeden Bissen verfolgte sie, bis er hinter seinen Zähnen verschwand, und auf ihren Lippen lächelte sein Name »Toni«. Aber reden konnte sie nichts, noch nichts fragen, noch nichts erzählen. Dazu würden sie morgen Zeit haben. Im Augenblick meinte sie nur vergehen zu müssen vor lauter Glück.

Endlich legte Toni den Löffel weg und lächelte sie dankbar an. Er fragte nichts, schaute sie nur an, in seinen Augen las sie seine lauteste Frage und nickte:

»Soweit ist alles in Ordnung, Toni«, sagte sie. »Dein Vater war erst kürzlich heroben bei mir. Und morgen —«

Sie stockte, weil ihr plötzlich alles so unwirklich vorkam.

»Was ist morgen, Martha?«

»Morgen halten sie für dich im Dorf drunten einen Seelengottesdienst, weil man dich für tot gesagt hat.«

Sein Mund kniff sich noch enger zusammen.

»So? Wer hat das?«

»Schadt nit, Toni«, lachte der Jörgl. »Man kann für einen Menschen gar nit genug beten, ganz gleich, ob er tot oder lebendig ist. Und die Hauptsach ischt, daß wir daheim sind. Das heißt, du bischt daheim. Was mit mir wird ...«

Toni hob den Arm und legte ihn um die Schulter des Kameraden.

»Mach dir keine Gedanken, Jörgl. Glaubst denn du, daß ich dich im Stich lassen tät? Jetzt schlafen wir uns einmal richtig aus, und morgen, da sehen wir weiter.« Er wandte sich wieder Martha zu. »Unsere einzige Sorg war, als wir über die Berg gestiegen sind, daß du nimmer auf der Hütte wärst. Doch dann hätten wir einbrechen müssen. Aber schlupf du jetzt wieder in dein warmes Betterl! Wir zwei schlafen dann im Heu droben.«

»Ein bißl was mußt mir schon noch erzähln, Toni.«

Toni begleitete den Kameraden hinauf ins Heu, dann kam er wieder herunter. Satt jetzt und sich geborgen wissend, war die Müdigkeit auf einmal wie weggeflogen. Er warf ein paar frische Scheiter ins Feuer, setzte sich auf das Bankerl neben dem Herd und zog Martha auf seine Knie.

»Jetzt erzähl, Martha. Vor allem sag mir, ob du mir hast treu sein können.«

Sie bog ihren Kopf weg und suchte seine Augen.

»Aber Toni, hast du denn daran auch nur einmal zweifeln können? Sag ganz im Ernst, ob dich so ein Gedanke jemals gequält hat.«

Er schüttelte den Kopf und drückte ihr Gesicht wieder an das seine.

»Eigentlich ned. Und — vielleicht war es grad der Glaube an dich, der mich wieder gesund hat werden lassen. Einmal bin ich schon wie tot gelegen, über neun Tag hinweg. Und die Mönche vom St. Bernhard haben mich wieder gesundgepflegt. Damals hab ich gelobt, wenn ich jemals heimkomm zu dir, dann stift ich in Birkenstein eine Kerze, zwei Meter lang und dreißig im Durchschnitt! Alles aber hab ich in der Hauptsach dem Jörgl zu verdanken, sonst lebte ich heut wirklich nimmer. Aber das erzähl ich dir morgen.«

»Ja, morgen und in all den andern Tagen. Jetzt bringt uns doch nichts mehr auseinander.«

»Das kommt drauf an, ob ich ned wieder verschwinden muß.«

»Diesmal kommst mir nimmer fort! Oder ich geh mit

dir!« Sie umschloß ihn mit ihren Armen, daß ihm fast der Atem wegblieb. »Ich muß dich immer wieder anschaun, ob du's wirklich bist. Und du mußt alles vergessen, Toni. Alles, als wär es nie gewesen, das Schwere und das Dunkle.«

Toni aber wußte, daß er all das Schreckliche nicht so schnell vergessen würde, auch den Tod nicht, der angeklopft hatte, er war immer noch da, eine stille, dunkle Gestalt, die die Schnur seines Lebens in den Händen hielt. Und aus diesen Gedanken heraus fragte er, was nach jenem Sonntagmorgen geschehen sei. Es war nicht viel, was sie wußte, aber daß der Major Mores wieder mit dem Förster Rehbusch auf die Jagd gegangen und sogar in ihrer Hütte Milch getrunken hatte, erfüllte ihn mit einer so tiefen Freude, daß er zum erstenmal nach langer, langer Zeit wieder lachen konnte. Eine leise Zuversicht begann ihn zu erfüllen, und er meinte, noch nie so sorglos und tief geatmet zu haben. Ein Aufatmen war es, so wie alte Wälder aufatmen nach langem Regen, wenn die warme Sonne wieder über sie hinflutete. Die Worte kamen ihm jetzt schnell und leicht von den Lippen. Und Martha hörte ihm zu, als lese er ihr aus einem Buche vor.

Doch mitten im Erzählen fielen ihm dann die Augen zu. Sorgsam bettete Martha ihn auf das Seegraslager unter der Stiege, deckte ihn bis ans Kinn hinauf zu und küßte ihn auf die geschlossenen Lider. Dann löschte sie die Lampe und ging in ihre Kammer.

Und draußen rauschte immer noch der Regen.

Rausch ruhig weiter, dachte sie, und laß bloß keinen Schnee kommen.

Einmal, weit nach Mitternacht, hörte dieses Regenrauschen auf, und in der Frühe spannte sich ein heller Himmel über dem Land. Kein blauer zwar, aber aufgelockert, mit Wolkenlöchern, durch die sich schüchtern eine blasse Sonne drängte. Als die Berge frei wurden, sah man, daß es doch wieder ein ganzes Stück weiter heruntergeschneit hatte. Der Almsommer war wieder einmal vorbei.

Die Glocke im Turm zu Riedenegg läutete zum Totenamt für den Bauernsohn Anton Löschauer. Vorm Gasthaus »Zum Schwarzen Adler« sammelte sich der Trachtenverein »D' Edelweißler«, und der Hunter-Gregor zog die Wachstasche von der Fahne, schwenkte sie ein wenig, daß alle Erinnerungsbänder daran im zagen Frühlicht schimmerten. Daneben sammelten sich die Musikanten und lösten ihre Instrumente aus der Umhüllung.

Aus allen Häusern kamen schwarzgekleidete Menschen, von den Höhen sah man sie herunterströmen, und es war schon abzusehen, wann die Kirche überfüllt sein würde.

Die Löschauer fuhren in ihrer alten Kutsche herunter, weil die Löschauerin zu schwach war, den weiten Weg zu Fuß zu gehen. Vor dem Wirtshaus hielt der Bauer an. Mit der Barbara half er der Mutter aus dem Gefährt, während der Hausknecht den Gaul in den Stall führte.

Die Glocke läutete wieder. Der Löschauer war grau im Gesicht. Die Lippen hart zusammengepreßt, führte er seine Bäuerin am Arm und hatte den Blick zu Boden gesenkt. So schritten sie langsam durch die Gasse neugieriger Blicke. Er schaute erst kurz vor der Kirchentür auf. Im Glockenhaus, in die Ecke gepreßt, stand eine Gestalt im dunklen Mantel, ein schwarzes Kopftuch über dem Blondhaar, aber mit leuchtenden Augen.

»Du, Martha?« fragten seine Augen, und er wollte schon nach ihrer Hand fassen, als sie sich dicht an seiner Seite ein wenig streckte und ihm ins Ohr flüsterte:

»Der Toni ist heut nacht kommen. In meiner Hütte ist er droben.«

Und schon war sie wieder weg, drängte sich durch den dichten Menschenschwarm hinaus, sah die flatternde Trachtenfahne und die blitzenden Instrumente und hätte am liebsten allen entgegengeschrien:

»Geht alle heim, der Toni ist zurückgekehrt!«

Aber dazu war es schon zu spät, der Gang der Handlung konnte nicht mehr unterbrochen werden, denn Pfarrer

Lobrein kam bereits mit den Ministranten aus der Sakristei und schritt zum Altar.

Der Löschauer stand mit versteinertem Gesicht in der Betbank, während die Löschauerin so schwach war, daß sie sitzen mußte. Jetzt neigte er sich zu ihr nieder und flüsterte ihr etwas ins Ohr. Sie verstand ihn nicht gleich, aber als sie ihn verstanden hatte, mußte sie trotzdem sitzen bleiben, so schwer strömte diese Nachricht in ihren Körper. Besorgt beugte sich die Barbara zu ihr nieder, und da wurde auch ihr ins Ohr geflüstert, was mit einem Schlag die heilige Handlung nicht mehr gelten ließ.

Der Löschauer spürte, wie sich die Hand seiner Theres in die seine stahl, ihre Hand, um den sie den Rosenkranz gewickelt hatte, so daß er gar nicht fest zudrücken durfte. Er sah nur im flüchtigen Hinschaun, daß ihr Gesicht überirdisch schön leuchtete und daß ihr die Tränen über die Wangen kugelten.

Dem Toni wäre wahrscheinlich das Herz im Leib gesprungen, wenn er hätte sehen können, wie nach dem Traueramt sich an die fünfhundert Menschen im Friedhof drängten, um die Trauerrede des Herrn Pfarrers zu hören, die er vor dem Grabmal derer vom Schlegl am Holz hielt.

Symbolhaft, sagte er, stehe man vor dem Familiengrab versammelt, während fremde Erde den lieben Toten umschließe. Es falle ihm schwer, den gebeugten Eltern Worte des Trostes zu geben, doch wenn man diese große Menschenmenge sehe, die dem Verblichenen die letzte Ehre erweise, dann könne man daran den Grad seiner Beliebtheit und die große Anteilnahme an seinem Schicksal ermessen. Sein Leben sei viel zu kurz gewesen, als daß er Rühmenswertes vollenden hätte können.

Ach ja, es war gar nicht so einfach für Pfarrer Lobrein, die richtigen Worte zu finden. Da tat sich der Waldreiner-Xaver, der Vorstand vom Gebirgstrachtenverein schon entschieden leichter. Breitbeinig stand er da, den schweren Latschenkranz in den Händen, und schaute starr auf die weißgetünchte Kirchenmauer. »Beim Reden derf i neamd oschaun«, pflegte er immer zu sagen. Und so schrie er denn gegen die Kirchenmauer hin:

»Für uns unfaßbar ist es, lieber Trachtenbruder Toni Löschauer, daß du nie mehr unter uns weilen sollst. Nie mehr wird dein heller Juchschrei durch die Lüfte klingen, wenn wir bei einem Trachtenfest aufmarschieren. Und dein Stammkrügel beim Adlerwirt wird fortan leer bleiben, denn deine durstigen Lippen sind verstummt. Und wenn man bedenket, daß es dieses alles nicht gebraucht hätte, weil doch die Hirschen und Rehe für alle da sind. Nun ruhest du in fremder Erde, und wir wissen überhaupt nicht, wo diese Erde ist, und darum — und darum —«

»Hör auf, Xari«, flüsterte ihm der Schriftführer Lechner zu.

»Ha?«

»Aufhörn sollst.«

»Also nachher hör ich auf und rufe dir ein herzliches Lebewohl ins kühle Grab, mein lieber Toni. Möge dir die Erde leicht sein, und wir werden dich niemals nicht vergessen.«

Der Waldreiner trat zurück und wischte sich den Schweiß von der Stirn. Die Vereinsfahne senkte sich dreimal über das Löschauergrab. Und die Musik spielte den »Guten Kameraden«, und viele weinten und wunderten sich, daß die Löschauers selber überhaupt nicht weinten.

»Die werden halt keine Tränen mehr haben«, flüsterte die Stöchertin der Störnäherin Weindl zu.

Hochaufgerichtet stand der Löschauer da und schaute nur zu den Bergen hinauf. Das alles dauerte ihm schon viel zu lange. Am liebsten wäre er mitten aus der Zeremonie gelaufen und den Berg hinaufgerannt. Als er den Blick einmal wendete, sah er ganz hinten im Friedhof etwas hinter einem Grabstein hervorlugen. Nicht viel. Nur ein Gesicht mit sandfarbigem Haar über der Stirn und darunter eine schwarze Brille.

Was der Löschauer in diesem Augenblick empfand, konnte er, solange er lebte, nicht deuten. Nur eins wußte er, daß er ein ungeheures Verlangen gespürt hatte, dieses Gesicht hinterm Grabstein genau zwischen Kimme und Korn zu bekommen, um es auszulöschen für immer. Denn dort sah er den Ursprung des tragischen Geschehens. Der Urban ahnte wahrscheinlich nicht, was sich über ihm zusammenbraute.

Der Waldreiner-Xaver trat jetzt an den Löschauer heran, drückte ihm die Hand und sprach ihm im Namen des Vereins das Beileid aus.

»Dank dir schön, Xaver. Gehts alle zum Wirt. Essen und trinken könnt ihr heut, was ihr mögt.« Dann faßte er seine Frau am Arm, nickte der Barbara zu: »Gehn wir, sonst kommen s' noch alle daher und drücken uns das Beileid aus, anstatt uns zu gratulieren!«

Das gab schon ein bißchen Rätselraten auf. Die Löschauers fuhren in scharfem Trab gleich nach der Trauerfeier heim, anstatt sich, wie sich's gehört hätte, am Leichenschmaus zu beteiligen. Und wieso hat denn keines während der Zeremonie am Grab geweint? Das war alles ein bißchen sonderbar.

Noch nie hatte der Löschauer einen Gaul so unbarmherzig den Berg hinaufgejagt wie an diesem Vormittag. Die Kutsche rüttelte und schüttelte, und wenn sie so durcheinandergeschüttelt wurden, die drei, konnte der Löschauer auch noch lachen. Die Frauen kamen überhaupt nicht dazu, zu fragen. Erst als der Braune daheim vor der Stalltür hielt, wollte die Mutter wissen:

»Sag, Balthes, was ist eigentlich los? Du hast bloß gesagt, der Toni lebt.«

»Hätt ich dir denn in der Kirche einen ganzen Roman erzähln sollen? Im Glockenhaus, die Martha, hast sie ned gesehn?«

»Ich hab sie ned gesehn.«

»Sie hat mir zugeflüstert, daß der Toni in ihrer Hütten

droben ist. Mehr weiß ich vorerst auch ned. Aber in zwei Stunden weiß ich alles. Richt mir gleich einen Rucksack voll Essen her, und du, Barbara, meine Bergschuh und die Bundhosen!«

»Kann ich ned mit, Balthes?«

»Das geht halt ned, Mutter. Denk doch an dein Herz. Aber das versprech ich dir, heut noch wirst deinen Toni wiedersehn.«

Eine Viertelstunde später war er bereits unterwegs nach der Sölleralm.

Der Wintermond stand hoch über den tiefverschneiten Bergen und Wäldern. Die Tage waren bereits tief in den Advent hineingekrochen. Still und verlassen lagen die Almen. Viel Schnee war gefallen in den Wochen und Tagen. Er war wie ein Vorhang über dem Gewesenen, und die Spur, die in der dunklen Morgenstunde von den zwei Männern durch den Schnee gezogen wurde, war am Abend, wenn sie heimkehrten, oft schon wieder zugeweht.

Ja, Tag für Tag schleiften der Löschauer-Toni und der Tiroler Jörgl zum Christianwald hinauf, sahen Wildspuren ihre eigenen Spuren kreuzen, sahen erfrorene Krähen im Schnee liegen und kamen nach einer Stunde im Holzschlag droben an. Kaum daß ihnen jemals ein Mensch begegnete, und wer ihnen begegnete, kannte sie nicht. Zwei Holzknechte waren es einfach, der eine mit einem schwarzen, der andere mit rötlich-blondem Kinnbart. Die dichten Schnurrbärte liefen in die Kinnbärte hinein, und man sah nur die blitzenden Zähne in diesem Haarwust leuchten.

»Der Löschauer hat zwei Holzknechte eingestellt«, erzählten sich die Bauern am Biertisch. Aber das war nichts Außergewöhnliches, das hatten früher auch andere schon getan, es sprach höchstens etwas wie Bedauern mit, daß der Toni, der eigene Sohn, nicht mehr mit in die verschneiten Wälder gehen konnte. Man wunderte sich nur, daß der Löschauer so viele Bäume schlagen ließ.

Kamen die beiden am Schlagplatz an, schnallten sie die Schi ab, der Jörgl begann Feuer zu machen, und Toni überlegte, welchen der Baumriesen sie als ersten drannehmen wollten.

Das Feuer brannte dann mit einer roten, tröstlichen Flamme, sie legten die Eisenkeile in die Glut, und dann begannen sie. Die Säge fraß sich durch das Holz, und das Echo ihrer Axtschläge kam aus der Tiefe des Waldes zurück. Sie schlugen die Kerben im Takt in den Stamm, die weißen Späne verfingen sich manchmal in ihren Bärten. Und wie genau sie das machten, fast millimetergenau setzten sie ihre Schläge in die Kerbe, ließen die Säge wieder singen und trieben die Keile nach. Dann stützten sie sich auf den Stiel ihrer Äxte und rasteten ein bißchen.

»Gleich ist's soweit«, sagte der Toni. »Er zittert schon.«

Dann bebte der Wipfel. Schnee rieselte ihnen in die Augen. Die obersten Zweige fuhren unruhig hin und her, dann zitterte der schwere Stamm, senkte sich langsam, dann immer schneller, und in einer Wolke stäubenden Schnees donnerte der Baumriese nieder und fiel mit einem brüllenden Schrei auf die bereits liegenden Stämme.

Sie schlugen die Äste weg und gingen zum nächsten Stamm. Bis zur Mittagsstunde. Dann rückten sie ihr Blechgeschirr mit dem Essen über das Feuer, rauchten ihre Pfeifen und tranken den heißen Tee mit Rum. So einfach und still war ihre Welt wieder geworden, so ganz ohne Aufregung. Das Einfache und Stille machte ihre Herzen fröhlich und ließ sie vergessen, was sie an Schwerem hinter sich hatten.

Aber der Toni wußte, daß diese Stille und das Geborgensein in der Heimat nur vorübergehend war, daß noch nichts geklärt und noch nichts heimgezahlt war von alldem, was der Urban ihm angetan hatte. Einiges bedurfte noch der Klärung, zum Beispiel, wie Urban in den Besitz seines Medaillons gekommen war, auf welch krummen Wegen er alles eingefädelt hatte und sogar seinen Tod glaubhaft hatte machen können. Aber solange er selber nicht wußte, ob dieses Heimkommen schon ein Geborgensein in der Heimat für immer sein durfte, mußte er für tot gelten, durfte er sich im Dorf nicht sehen lassen und vorerst dem am wenigsten begegnen, den er einen Freund genannt hatte und der zu seinem Todfeind geworden war. Das Schicksal saß ihm immer noch im Nacken, und er konnte es nicht abschütteln.

Und doch war er noch besser daran als sein Kamerad Jörgl. Der konnte noch nicht in sein Pustertal, er wurde immer noch steckbrieflich gesucht, und man würde ihn sofort verhaften. Zwar hatte er beim Löschauer eine zweite Heimat gefunden, man hielt ihn dort wie den eigenen Sohn. Der Jörgl tat so, als wenn er sein Schicksal ganz gelassen trage, aber manchmal, wenn er sich unbeobachtet glaubte, sah man in seinen dunklen Augen eine Sehnsucht brennen wie Fieber.

Einmal, als sie so bei ihrem kargen Mittagsmahl saßen, sagte der Jörgl:

»Ich kann zwar nit davon reden, Toni, und vielleicht haltet ihr mich sogar für undankbar, weil ich nie was von Dank sag. Ihr habt mich aufgenommen wie 's eigene Kind, und ich könnt es nit besser haben, aber —«

»Jetzt bist aber still!« verwies ihn der Toni. »Was du für mich getan hast, Jörgl, das läßt sich überhaupt mit nix bezahlen. Ohne dich säß ich jetzt ned am Feuer da.«

»Red davon nit, Toni. Das hätt jeder andere auch getan.«

»Das weiß ich ned, ob ein anderer mich ned hätt liegen lassen, damals am St. Bernhard.«

Sie schwiegen eine Weile, bis dem Jörgl einfiel:

»Eins weiß ich gewiß, Toni: Wenn der Schnee weg ischt, im Frühjahr, dann werd ich gehen müssen, gehen und steigen, über die Berg, bis ich droben steh am Sellajoch und nunterschaun kann in mein Pustertal. Bloß schaun dürfen, Toni, die weißen Kirchtürm, die Bauernhöf, die grünen Matten. Ich weiß nit, ob du mich verstehst, Toni.«

»Und ob ich dich versteh, Jörgl. Mir ist's doch ned anders ergangen.«

»Bloß schaun, weißt, ganz tief atmen, die Brust vollpumpen mit Heimatluft, den Ruch der Äcker in der Nasen spürn, oa Nacht bloß schlafn unter ein'm Schindldach, 's Morgenrot über den Dolomiten leuchtn sehn und die Glocken vom Tal läuten hören, mein Gott, wär des schön!«

»Vielleicht geh ich mit, Jörgl.«

»Wenn ich 's Landl wiedergesehn hab, dann wird mein Herz nimmer so wild schlagen.«

»Ich geh mit«, versicherte Toni wieder. »Du kämst mir schließlich gar nimmer zurück!«

Da lachte der Jörgl schon wieder, drückte mit dem Daumen den Tabak in der Pfeife nieder und zündete sie an. Dann begannen sie wieder zu arbeiten.

Kurz danach hörte man Glocken. Der Löschauer kam mit dem Schlitten, lud eine mächtige Fuhre Daxen auf und fuhr wieder heim. Die beiden arbeiteten, bis die Dämmerung kam. Es wurde ganz still im Wald. Sie scharrten die Glut zusammen, bargen ihr Werkzeug unter Ästen und schnallten die Schi an. In sausender Schußfahrt fuhren sie hinunter, und es war so tröstlich, wenn sie die Lichter des Hofes sahen und dahinter auf dem Hügel das mattgelbe Licht der Kerze, die von der Mutter in der Kapelle angezündet worden war, als Toni heimkam. Immer wieder eine neue Kerze zündete sie an, denn das Licht in der Kapelle sollte nie mehr erlöschen.

Ein Sonntag wie so mancher auf dem Einödhof. Der Schnee hätte sie in diesem Winter bald eingegraben auf der Söllerhöh. Martha war gerade im Stall fertig geworden und trug ein Schaffel voll heißem Wasser in ihre Kammer hinüber, schob den Riegel an der Tür vor und begann sich zu waschen. Dann zog sie sich für den Kirchgang an.

In der Stube war die Morgensuppe schon aufgetragen. Der Söller und die Bäuerin saßen bereits beim Tisch mit einigen von den größeren Kindern. Beide schlecht gelaunt und mürrisch, die Bäuerin, weil sie wieder einmal in gesegneten Umständen war, der Bauer, weil er bis jetzt noch keine Magd für das nächste Jahr aufgetrieben hatte. Übrigens konnte er immer noch nicht glauben, daß die Martha nicht mehr bleiben wollte, und er fing auch jetzt wieder an.

»Hast dir's überlegt, Martha?« fragte er. »Willst wirklich zu Lichtmeß nimmer bleiben?«

Martha griff nach ihrem Löffel und schüttelte den Kopf.

»Da brauch ich nichts mehr zu überlegen, Söller. Ich hab dir's ja früh genug gesagt.«

»Und wann ich dir mehr zahl?«

»Auch dann nicht.«

»Ich weiß ned«, mischte sich jetzt die Söllerin drein. »Einesteils bin ich froh, wenn du gehst. In unserm christlichen Haus vereinbart sich in letzter Zeit nicht mehr alles. Heut früh hab ich schon wieder eine Schispur vom Hof weggehen sehn.«

Martha spürte, wie sie errötete, und warf einen dankbaren Blick auf den Bauern, der ihr zu Hilfe kam.

»Die war gestern nachmittags schon da.«

»Und der Hund hat auch so geknurrt heut nacht.«

»Wird ihn schon ein Floh bissen haben.«

»Und überhaupt«, nörgelte die Söllerin weiter, »die Martha ist nimmer so, wie sie einmal war. So aufsässig, und alleweil muß sie das letzte Wort haben.«

»Das kann man doch bei dir gar ned, Bäuerin«, sagte Martha lachend. »Ich bin jetzt drei Jahr bei euch, und jetzt möcht ich halt einmal woanders hin.«

»Weißt schon, wohin?« wollte der Söller wissen.

»So ungefähr«, gab Martha zu und fügte gleich hinzu: »Ich werd heut am Abend zur Stallarbeit ned heimkommen.«

»Das geht ned!« brauste die Söllerin auf. »Soll vielleicht gar ich melken?«

»Reg dich ned auf«, beschwichtigte der Söller. »In drei

Jahr einen einzigen freien Tag, den müssen wir ihr doch wirklich zugestehn.«

Die Söllerin legte den Löffel weg. Ganz purpurrot war sie wieder angelaufen.

»Du hilfst ihr allweil! Wer weiß, ob man euch zwei überhaupt traun kann!«

Vor ein paar Wochen noch hätte Martha gegen diese Unterstellung heftig aufbegehrt. Jetzt sagte sie in aller Ruhe:

»Drum ist es besser, wenn ich geh, dann kannst dein ewiges Mißtrauen eingraben.«

Eine Viertelstunde später ging Martha aus dem Haus. Die Schneewände links und rechts des Weges waren so hoch, daß man ihre Gestalt kaum sah, nur der schwarze Wollschal, den sie sich übers Haar gelegt hatte, wippte über den weißen Wänden.

Nach dem Hochamt ging sie nach langer Zeit wieder einmal zu ihrer Mutter zum Häusl im Graben hinaus. Allerheiligen war sie das letztemal dort gewesen. Es war immer ein Festtag für die Reinermutter, wenn ihre große Tochter zu Besuch kam.

Schon beim Eintreten hob Martha schnuppernd die Nase. Der Duft kam aus dem Bratrohr, in dem ein Schweinebraten schmorte. Auf der Herdplatte stand ein Topf mit Kartoffeln und daneben die unvermeidliche Kanne mit Tee, der nach der festen Überzeugung der Reinerin einfach für alles helfen mußte.

Die Reinerin kam aus dem Staunen gar nicht mehr heraus. Immer wieder trat sie einen Schritt zurück und betrachtete Martha.

»Ja, sag einmal, Dirndl, hörst denn mit'm Wachsen gar nimmer auf? Willst denn wirklich deinem Vater, Gott hab ihn selig, nachgeraten? Und der war einen Meter achtzig! Wie braun du noch bist! Du hast ja noch den halben Sommer im Gesicht! Und dann deine Augen! Dirndl, du bist ja gar nimmer zu erkennen! Wenn ich dran denk, wie du im

Sommer allweil dreingschaut hast, wie ich ein paarmal bei dir droben auf der Alm gewesen bin. Wie 's Leiden Christi hast dreingeschaut.«

»Ja mei, Mutter, jetzt freut mich halt 's Leben wieder.« Martha hatte Schal und Mantel abgelegt und rieb sich die Hände über dem Herd. »Wie gut es bei dir riecht, Mutter. Was hast du da im Rohr?«

»Schweinebraten gibt's und Räuberknödl.« Die Reinerin zog die Bratpfanne aus dem Rohr und goß Wasser über das große Stück Fleisch. »Rat einmal, von wem ich das hab?«

»Vom Metzger natürlich!«

»Nein, der Löschauer war vorgestern da und sagte, sie hätten eine Sau geschlachtet, und da sollt ich auch ein schönes Stück haben. Ich hab ihn gefragt, warum, und da hat er gemeint, weil du ihn auch so gut bewirtet hättest, wie er einmal auf der Alm war.«

Martha hatte auf dem Kanapee Platz genommen und streichelte den Kater. »Und sonst hat er nix gesagt?«

»Nein, sonst nix. Ich mein, er wird es halt allweil noch nicht überwunden haben, das mit dem Toni.«

Lange Zeit überlegte Martha, ob sie die Mutter einweihen dürfe. Sie streichelte weiterhin den Kater, schaute dann wieder zur Mutter hin, die begonnen hatte, große Kartoffeln mit einem Reibeisen zu schaben. Dann räusperte sie sich und fragte:

»Mutter, kannst du schweigen?«

»Hab ich jemals schon viel geredet, Kindl?«

»Ich mein, ein Geheimnis bewahren.«

»Lieber tät ich mir die Zunge abbeißen.«

»Dann ist's gut. Der Toni ist wieder da.«

Der Reinerin entfiel vor Schreck das Reibeisen. Dann stotterte sie:

»Da muß ich mich zerscht niedersetzen. Der Toni, sagst, ist wieder da?«

»In der Nacht, bevor sie den Seelengottesdienst gehalten haben für ihn, da ist er zurückkommen. Aber er muß sich halt allweil noch versteckt halten, die Sach ist allweil noch so verworren.«

»Verstecken? Warum kommt er dann ned zu mir? Da am Graben tät ihn kein Mensch suchen!«

»Heut nachmittag kommt er, Mutter, wenn's dämmert.«

Eine Weile saß die Mutter wie benommen da, seufzte ein ums andere Mal und wagte dann zu fragen: »Dann meinst, daß er dich wirklich heiratet?«

Martha schlang den Arm um den Hals der Mutter und busselte sie herzhaft ab.

»Ach, Mutter, ich bin ja so glücklich! Wenn ich früher wirklich einmal einen Zweifel gehabt hab, jetzt weiß ich, daß der Toni mich genauso braucht wie ich ihn. Er hat mit seinen Eltern schon geredet, und der Löschauer hat gesagt, es wär ihm keine lieber wie ich. Von ihm geht's ja eigentlich aus, daß ich beim Söller weggehe und ein Jahr lang 's Kochen lerne beim Adlerwirt. Hast du schon gefragt dort?«

»Ich hab gesagt, daß du heut nachmittag kommst und dich vorstellst. Ich werd am besten mitgehen.«

»Ja, bitt schön, Mutter, geh mit! In Zukunft werden wir viel beieinander sein können!«

»Ist mir oft hart ankommen, Martha, dich so allein da droben auf der Einöd zu wissen bei der zwidernen Bäuerin. Hart genug auch, spüren zu müssen, in welcher Not du gewesen bist den ganzen Sommer. Und ich hab dir ned helfen können.«

»Das ist jetzt alles vorbei, Mutter. Du hättest mir auch gar ned helfen können. Das sind Sachen, mit denen ich allein hab fertig werden müssen. Und ob du's glaubst oder ned, Mutter, ich hab nie dran glaubt, daß der Toni nimmer käm. Freilich hat er viel durchstehn müssen, aber nun ist er wieder daheim! Das andere kommt alles von selber wieder.«

Erschrocken machte sich die Reinerin los.

»Jesses, meine Knödl! Vor lauter Ratschen tät ich gleich aufs Essen vergessen!«

Gegen zwei Uhr machten sie sich auf den Weg ins Dorf. Zwei Trippelschritte brauchte die Mutter auf einen großen, freien Schritt der Tochter. Die drängende Kraft ihrer Jugend war kaum zu bremsen, und die Reinerin war halt doch auch schon vierundsechzig.

Beim Adlerwirt war um diese Zeit nicht mehr viel los. Nur einige Kartenspieler schrien am runden Tisch neben dem Ofen noch heftig miteinander. Sie saßen noch vom Frühschoppen da und würden aller Voraussicht nach auch am Abend noch dahocken, weil sie immer noch eine Maß und noch eine ausspielten. Die Kellnerin Marieluis döste hinter dem Schanktisch und schrak aus ihrem Nickerchen auf, als die beiden Frauen die Gaststube betraten. Sofort verstummten auch die Kartenspieler. Der Schindler-Hans riß verwundert die Augendeckel in die Höh und staunte:

»Ja, wer kommt denn da? Die Sennerin mit den traurigen Augen!«

Martha strafte ihn sofort Lügen, indem sie ganz herzhaft lachte und zur Kellnerin sagte:

»Wir möchten zur Frau Wirtin.«

»In der Küch wird sie sein.«

Die Küche war groß und hell. Hier glitzerte alles vor Sauberkeit. Hinten in der Ecke war ein ledernes Kanapee. Auf ihm lag der Wirt und schnarchte. Die Wirtin saß beim Fenster und schrieb in einer dicken schwarzen Kladde. Sie war ziemlich beleibt, mit einem runden, recht gutmütigen Gesicht und noch vollem schwarzen Haar, das sie zu einem Knoten aufgeschürzt hatte. Sie nahm die Brille ab, um besser erkennen zu können, wer da kam. Dann lachte sie freundlich.

»Grüß Gott, Frau Schadhauser. Da wären wir jetzt.«

Die Wirtin stand auf und reichte beiden die Hand.

»Grüß dich Gott, Reinerin.« Dann musterte sie die Junge. »Und Sie sind also die Martha. Geh, setzt euch doch.« Bevor sie selber wieder Platz nahm, stellte sie Wasser auf. »Wir trinken dann Kaffee.« Sie schlug das schwarze Buch zu und jammerte: »Den ganzen Sonntagnachmittag hab ich Arbeit, bis ich fürs Finanzamt alles nachtrag. Wenn's nur grad einmal kein Finanzamt mehr geben tät! So, so, also da wollen Sie bei mir das Kochen lernen?«

»Ja, wenn Sie mich nehmen wollen?«

Wieder ein kurzer, abwägender Blick, dann ein heftiges Nicken, daß die großen goldenen Ohrringe wackelten.

»Ja, Sie gefallen mir, und ich hoff, daß wir gut miteinander auskommen. Fest zugreifen heißt es halt in einer Wirtshausküche.«

»Beim Söller hab ich auch fest zugreifen müssen.«

»Ach ja, Sie waren ja beim Söller oben. Der lobt Sie recht. Und was stellen Sie sich an Lohn vor?«

»Ja mei, wenn man erst lernt, ich weiß auch ned.«

»Umsonst lernt man heut nimmer«, lächelte die Wirtin. »Sie werden nach Tarif bezahlt. Schlafen und Essen frei natürlich. — Sepp, schnarch ned so!«

Aber der Wirt schnarchte weiter. Er lag zusammengekrümmt auf dem Kanapee und hatte den Mund weit offen.

»Soll sie ned lieber daheim schlafen?« fragte jetzt die Reinerin. »Wissen S', Frau Schadhauser, ich bin halt gar so viel allein.«

»Darüber ließ sich reden. Der Lohn wär dann etwas höher.« Die Wirtin stand auf und schüttete heißes Wasser in einen Filter. Herrlicher Kaffeeduft schwebte durch die große Küche. Dann ging sie zum Kanapee und seufzte: »Der schnarcht, als wenn er Baumsägen tät.«

Mit einem Schlag hörte der Wirt zu schnarchen auf. Lächelnd kam Frau Schadhauser zurück und schüttete abermals Wasser auf.

»Wenn ich ihm die Nasenlöcher zuhalt, dann hört er eine Zeitlang zu schnarchen auf.«

»Ich wollt, mein Hansgirgl tät noch schnarchen«, klagte die Reinerin. »Der Kaffee riecht aber gut.«

»Den brauch ich«, antwortete die Wirtin. »Der Bohnenkaffee ging mir mehr ab als alles andere. Bloß treibt man ihn so schlecht auf. Den da hat mir der Schloderer-Urban bracht. Ich mag ihn ja sonst nicht, den hochmütigen Kerl mit seine Hasenaugen. Aber in der Not frißt halt der Teufel Fliegen.«

»Wer mag den schon«, sagte die Reinerin.

Die Wirtin nickte und stellte vier Tassen auf.

»Es kommen auch wieder andere Zeiten, dann tun sich solche Individuen nimmer so leicht wie heut. Der hat viel auf dem Gewissen. Jetzt haben s' erzählt in der Gaststuben vorn, daß er auch den Löschauer-Toni auf dem Gewissen hätt.«

Martha saß steil aufgerichtet da und sah mit schmalen Augen auf den Schnee hinaus. Ganze Berge von Schnee türmten sich auf dem Kirchplatz, und auf den Hausdächern lag er fast einen Meter hoch.

»Wie der Urban in der Zeit bauen kann«, sprach die Wirtin weiter, »das begreift kein Mensch. Aber der schmiert ja alle ab bis in die höchsten Ämter hinein. Man hört viel in einer Wirtschaft, bloß muß man's für sich behalten, sonst kommt man unter die Räder. Ja, das wollt ich Ihnen noch sagen, Martha: Grad weil man in einer Wirtschaft soviel hört und sieht, ist Verschwiegenheit das oberste Gebot. — Jetzt fangt er schon wieder zum Schnarchen an! Sepp! Steh auf jetzt! Der Kaffee ist da!«

Ächzend bewegte sich der Wirt, rieb sich die Augen und strich sich den Schnurrbart aus den Mundwinkeln.

»Wer ist denn da?«

»Ja, geh nur her! Die Reinerin kennst ja, und das ist die Martha, die zu uns kommt auf Lichtmeß zum Kochen lernen.«

»Ah so, die Martha! Du warst doch im Sommer auf der Sölleralm?«

»Ja, Herr Schadhauser.«

»Ich bin ja einmal hinkommen im Sommer.«

»Ich weiß schon noch, Herr Schadhauser.«

»Weil s' soviel geredet haben von dir in der Gaststuben. Daß du ein steinernes Herz hättest und so traurige Augen.«

»Das ist vorbei«, lachte Martha. »Darf ich Ihnen einschenken, Herr Schadhauser?«

»Ja, schenk mir nur ein, Dirndl.« Und zu seiner Frau: »Hast schon ausgehandelt mit ihr?«

»Wir sind uns soweit einig. Und sag deinen Metzgerburschen gleich, daß sie das Mädl in Ruh lassen. Die gehört in die Küch und sonst zu nichts!«

»Anschaun werden s' des Madl doch noch dürfen.«

»Ich kenn das Anschaun schon! Die Rosmarie haben s' auch so lang angschaut! Hernach hat s' dann keiner sein wollen!«

»Da brauchen S' bei mir wirklich keine Angst haben, Frau Schadhauser«, sagte Martha, besann sich ein Weilchen und fügte hinzu: »Ich bin schon in festen Händen.«

»Wenn man so gewachsen ist wie du und so ausschaut, wär es anders auch unnatürlich«, meinte der Wirt.

In der Gaststube wurde es jetzt lebendiger. Die Kellnerin rief zum Guckloch herein:

»Dreimal Kaffee, zweimal Tee mit Rum und viermal Glühwein.«

»Kann ich helfen?« fragte Martha.

»Nein, nein, warten S' nur, bis Sie ganz da sind, Martha. Das kommt noch früh genug auf Sie zu.«

Ganz dünn läutete die Kirchenglocke zu einer Adventsandacht. Da und dort sah man ein paar alte Weiberl und Kinder aus den Häusern huschen und das Kirchbergl hinaufgehen. Schon begann es zu dämmern, und Martha wurde unruhig.

»Wir müssen heim, Mutter. Vielen Dank für den guten Kaffee, Frau Schadhauser.«

»Also, dann bleibt es dabei? Am zweiten Februar, oder sagen wir«, die Wirtin sah auf den Wandkalender, »am fünften Februar, denn ein paar Tag wirst ja auch noch ausrasten mögen.«

Der Wirt begleitete die beiden hinaus und schaute zum Himmel auf.

»Da hängt schon wieder viel Schnee droben. Wenn der noch kommt, sehen wir bald nimmer aus den Fenstern 'naus. Also dann, kommt gut heim und — gute Nacht.«

»Gute Nacht, Herr Schadhauser.«

Das kam schon wie aus feinen Nebeln heraus, so rasch fiel die Dämmerung jetzt.

Wieder war es so, daß die Mutter fast drei Schrittlein brauchte, um mit dem kraftvollen Ausschreiten der Tochter mithalten zu können.

»Wir hätten ned so lang bleiben dürfen«, sagte Martha und setzte ihre Schritte noch schneller. Und wirklich, als sie auf das Häusl zukamen, sah sie trotz des Zwielichts den Schatten schon neben der Tür stehen.

»Toni!« rief sie und rannte in seine weitgeöffneten Arme.

Der Winter hielt sich bis weit in den Februar hinein, und erst im März räumte ein dreitägiger Föhnwind mit seiner Herrschaft auf. Der Josefitag war so schön und warm, als wolle der Frühling schon seinen Einzug halten. Aber der April wirbelte alles noch einmal durcheinander. Sonne, Regen und Schnee fast bis in die Karwoche hinein. Dann schien Petrus endlich einen Riegel vor alle Schleusen zu schieben, und der Frühling zeigte, was er zu verschenken hatte an Knospen und Blüten.

In der Karwoche erschien die Störnäherin beim Schlegl am Holz und nistete sich dort für vier Tage ein. Sie kam jedes Jahr einmal, und die Löschauerin öffnete den großen zweitürigen Kasten mit den Leinwandballen.

Die Kreszentia Gradl war ein stilles, blasses Weiberleut, die zwar recht flinke Hände hatte und mit der Nähmaschine gut umzugehen verstand, aber eine besondere Beobachtungsgabe traute man ihr nicht zu. Gerade darin aber hatten sich alle getäuscht, denn als die beiden bärtigen Mannsbilder zum Mittagessen die Stube betraten, schaute sie mit ihren rotgeränderten Augen den Toni starr an, als sähe sie einen Geist. Der Toni merkte das sofort und griff sich verlegen in den Kinnbart.

»Jetzt hab ich gemeint«, sagte die Kreszentia, »der Toni käm bei der Tür herein!« Dann lachte sie und hielt sich schnell die Hand vor den Mund, weil sie oben zwei Zahnlücken hatte. »Wie man sich täuschen kann!«

»Irren ist menschlich«, sagte der Löschauer, der bereits beim Tisch saß und die Zeitung gelesen hatte. »Das sind meine Holzknecht.« Dann faltete er die Hände und sprach das Tischgebet, zu schnell fast, wie es der Kreszentia schien, denn sie kam schon fünfzehn Jahre auf den Hof und hatte den Toni bereits gekannt, als er noch zur Schule ging.

Oh, der Zenzi, wie man sie allgemein nannte, der kam schon gar nichts aus! Sie war hellhörig, und während sie jetzt ihr Geräuchertes in kleine Stücke schnitt und über jeden Brocken Kraut stülpte, bevor sie es in den Mund schob, dachte sie darüber nach, warum der Löschauer vorhin so barsch gesagt hatte: »Das sind meine Holzknecht.« Gerade als ob er noch hätte hinzufügen wollen: Und alles andere geht dich nix an. So sehr beschäftigte sie die Sache, daß sie zuweilen zu essen vergaß und zusammenschreckte, als die Löschauerin fragte:

»Schmeckt es dir nicht, Zenzi? Soll ich dir lieber ein paar Spiegeleier machen?«

»Nein, nein«, wehrte die Zenzi schnell ab. »Wann wär beim Schlegl am Holz schon einmal 's Essen ned gut gewesen? Ich komm ja jetzt schon fünfzehn Jahr her zu euch, und ich weiß noch gut, wie der Toni, Gott hab ihn selig, aus der Schul gekommen ist. Und der Anderl hat auch noch gelebt damals.«

Schweigen! Bis die Barbara sichtlich ablenken wollte und sagte: »Gell, beim Scheizeneder haben s' Zwilling kriegt?«

»Ja, zwei Mädel. Und ich weiß noch gut, wie mir der Toni einmal die Nähmaschin heimtragen hat. Damals hat's ja noch keine elektrischen Nähmaschinen geben.«

»Geben schon«, warf der Löschauer ein. »Aber du warst ja allweil zu knickrig, daß du dir eine kauft hättest.«

»Heut haben s' sowieso in jedem Haus eine, wo ich hinkomm«, antwortete die Zenzi. »Und vom Schloderer-Urban hätt ich gleich drei haben können, wenn ich was zum Schmiern gehabt hätt. Anzugstoffe, hat er gemeint, daß ich hint hätt. Wo sollt denn ich Anzugstoff hernehmen! Aber der hat auch ohne meinen Anzugstoff die Nähmaschinen leicht losbracht. Dreißig Stück soll er gehabt haben, und heut baut er sich den Riesenbungalow.«

Auch darauf gab ihr niemand Antwort, und vielleicht hatte sie sich doch getäuscht, weil die Löschauerin sagte:

»Ich bring dir jetzt den Leinwandballen runter, dann nimmst für den Jörgl 's Maß für drei Hemden und für den To—mas auch.«

Beim Maßnehmen wußte die Stör-Zenzi dann gewiß, wen sie vor sich hatte, denn als sie das Maßband dem Größeren um den Hals legte, da sah sie das kleine Muttermal dicht neben der Schlagader, das sie bei dem Buben Anton schon gesehen und das auch die Löschauerin an derselben Stelle hatte.

In satter Zufriedenheit lächelte die Zenzi vor sich hin und legte dann das Maßband um den Hals des Tirolers.

»Du hast aber einen dicken Hals«, meinte sie anerkennend. »Dein Kamerad hat bloß zweiundvierzig und du gleich sechsundvierzig.«

»'s Puschtertaler Wasser macht so dicke Häls«, meinte der Jörgl.

»Ist dein Kamerad auch aus dem Pustertal?«

»Nein, aus dem Gschnitztal.«

Dann war die Zenzi fertig mit Maßnehmen, rollte den Leinenballen auf und begann zu schneiden.

Im Stall aber standen die drei Mannsbilder vor dem Roßbarren, und während der Jörgl Hafer vorschüttete, sagte der Toni mit leichter Bekümmernis:

»Die Zenzi hat mich kennt.«

»Ja«, meinte der Löschauer, strich einem von den Apfelschimmeln über die Nüstern und schaute dann den Toni nachdenklich an. »Und so wie ich sie kenn, hat sie nix Eiligeres zu tun, als es weiterzutratschen. Sie kommt ja in Häuser genug.«

»Und was ist dann?«

Der Löschauer griff sich eine Heuschmele aus der Raffl und steckte sie zwischen die Zähne.

»Hör zu, Toni. So wie jetzt kann es auf die Dauer ned weitergehen. Du lebst, und lebst doch ned. Und ich werd auch schön langsam nervös bei der Sache. Ich tät vorschlagen, ihr zwei geht am Ostersonntag ins Hochamt. Dann werden wir schon sehn, ob es einen Wirbel gibt. Und nach den Feiertagen nehm ich die Sach in die Hand. Ich werd zunächst einmal mit dem Rehbusch reden. Der soll die Fühler ausstrecken, wie es um die Angelegenheit steht. Und als zweites wird dem Urban auf den Zahn gefühlt. Ich kann es auslegen, wie ich will, wenn der seine dreckigen Pratzen ned im Spiel gehabt hätte, wär alles anders gekommen.«

»Das gleiche, Vater, denk ich auch.«

Da sagte der Jörgl in aller Ruhe: »Soll ich eahm schlagn?«

Der Löschauer lachte herzlich auf, und auch der Toni stimmte mit ein. Dann sagte er:

»Ich weiß, Jörgl, daß du ihn fürs Krankenhaus reif schlagen tätst. Aber was wär uns denn damit geholfen? Der legt sich hin, und du kannst zahlen. Zuerst muß ich Beweise haben, vor allem muß ich rauskriegen, wie er zu meinem Medaillon gekommen ist. Wie ich mir darüber schon den Kopf zerbrochen hab! Aber ich komm einfach ned drauf. Ich kann mich erinnern, daß ich es schon nimmer gehabt hab, wie ich fort bin.«

»In Marseille jedenfalls, wie ich dich kennengelernt hab, da hast es nimmer gehabt«, erinnerte sich der Jörgl. »Das hätt ich spätestens auf dem St. Bernhard sehen müssen, wie sie dich ausgezogen und in Decken gewickelt haben.«

»Mittendrin fällt's dir ein«, meinte der Löschauer, nahm

die Heuschmele aus den Zähnen und warf sie fort. »Und jetzt geht wieder ans Papierholzschepsen.«

An diesem Abend kam die Stör-Zenzi zu niemandem mehr, weil sie bis sieben Uhr nähte. Dann saß sie daheim in ihrem Stübchen, legte sich die Karten und lächelte zufrieden vor sich hin.

»Die haben gemeint, sie können mich täuschen! Auf den ersten Blick hab ich ihn kennt, den Toni! Wenn ihr die Zenzi täuschen wollt, dann müßt ihr schon früher aufstehn!«

Karfreitag. Es war ein schöner Tag. Die Schmetterlinge flogen schon, die Stare schwatzten, und es war so warm, daß man in Hemdsärmeln hätte umhergehen können. Sonne und Wärme öffnete die Herzen, und es kam so viel Freude auf die Menschen zu, daß man gar nicht an Qual und Tod denken mochte, am wenigsten daran, daß vor nahezu zweitausend Jahren im Heiligen Land das Gräßlichste geschehen war. Die Menschen müßten daran denken, daß das schwere Kreuz für sie getragen worden war. Viele dachten auch daran und senkten die Köpfe.

Nur der Schloderer-Urban dachte nicht daran. Er fluchte auf Gott und die Welt, weil seine Maurer an diesem Karfreitag nicht arbeiten wollten. Das sei früher auch kein Feiertag gewesen, sagte er, und wann solle denn der Bungalow fertig werden, wenn so getrödelt würde!

Er wohnte nicht mehr daheim. Die Beziehungen zu seinem Elternhaus waren abgebrochen. Er lebte jetzt im Nachbardorf Arlstein, hatte bereits drei Lastwagen und war selber nie mehr in Arbeitskleidung zu sehen. Vielleicht mochte daran die Judith schuld sein, ein hochaufgeschossenes rothaariges Frauenzimmer, das sich von Wellberg nannte und aus Pommern nach Arlstein geflüchtet war. Manchmal erschien sie an Urbans Arm und deutete mit ihrer ringgeschmückten Hand in den Räumen umher. Ihr Schmuck mochte so falsch sein wie der Name, den sie trug. Immerhin, sie war eine imponierende Dame, die sich zu benehmen wußte und den Urban um den Finger wickeln konnte. Die Arbeiter wußten viel von ihr zu erzählen. Zum Beispiel sollte sie einmal gesagt haben bei einer Baubesichtigung:

»Geht es noch, Liebster, daß man das Bad etwas größer macht? Schwarze Kacheln wären sehr hübsch und modern. Und vielleicht ginge es, daß du Wasserhähne aus Gold beschaffen könntest. Bei deinen Verbindungen müßte das doch möglich sein.«

»Mal schaun«, hatte der Urban darauf geantwortet. »Vergoldet meinst du wahrscheinlich, Judith?«

»Wenn es nur glänzt, Liebster. Wir beide haben so viel Schatten gehabt im Leben, in Zukunft soll alles glänzen bei uns.«

Das und vieles andere erzählten die Bauarbeiter, wenn sie beim Wirt saßen, wo zur Essenszeit ein bildschönes Mädchen die Speisen durch das Guckfenster aus der Küche reichte. Auch Urban war mit seiner Judith einmal an einem Sonntag dort zum Mittagessen erschienen und hatte Martha in der Küche hantieren sehen. Darüber war ihm die Farbe abgeschossen, und die Kalbsrouladen hatten ihm nicht mehr geschmeckt.

An diesem Karfreitag nun hatte er eine Laune, in der er alles hätte zerschlagen können, denn was seit gestern wie ein Lauffeuer die Runde durch das Dorf machte, war natürlich auch ihm zu Ohren gekommen. Er konnte es kaum erwarten, daß es dunkel wurde. Dann kreuzte er in dem Häusl der Zenzi auf, der er gleich auf den Kopf zusagte:

»Von dir soll es ausgehn, hab ich gehört.«

»Was soll von mir ausgehn?« fragte die Zenzi.

»Du bist doch beim Schlegl am Holz auf der Stör gewesen und willst dort den Toni gesehn haben.«

»Ich tät dir gern eine Tasse Kaffee anbieten«, lenkte die Zenzi ab. »Aber Bohnenkaffee hab ich halt keinen.«

»Ich hör dich schon gehn! Du bist um keine Laus anders wie die andern. Alle wollen s' vom Urban haben, aber daß mir auch einmal jemand einen Gefallen tät ... Also gut, morgen bring ich dir ein Pfund. Hast du den Toni kennt oder ned?«

»Auf den ersten Blick. Er hat zwar einen Vollbart jetzt, aber die Augen hab ich gleich kennt und die Löschauernas'n, und außerdem das kleine Muttermal am Hals.«

»Also doch!« Dem Urban war in diesem Augenblick zumute, als stürze etwas über ihm zusammen. Ohne zu grüßen, rannte er in die Nacht hinaus. Erst als er das Dorf hinter sich hatte, blieb er stehen und atmete schwer. In seiner Erregung hatte er gar nicht gemerkt, wie er gerannt war. Gerade, als verfolge ihn jemand. Aber es war kein Mensch zu sehen. Was ihn verfolgte, war das eigene Gewissen, das sich noch zuweilen regte. Zwar schüttelte er unangenehme Gedanken sofort ab, heute aber bedrängten sie ihn und blieben bei ihm, als er sich auf einen Feldrainstein setzte und den Kopf in die Hände nahm.

Wenn der Toni wirklich wieder im Land war — und daran konnte er jetzt nicht mehr zweifeln —, entstand für ihn eine Lage, die ihn in Schwierigkeiten bringen konnte. Was hatte ihn überhaupt bewogen, an einem Menschen so schlecht zu handeln, den er scheinheilig seinen Freund genannt hatte. War es der Neid auf den makellos gewachsenen Anton Löschauer, der es überall viel leichter hatte als er? Dem Toni lachten die Mädchen zu, vor ihm flüchteten sie wie vor einem Aussätzigen. War er nicht immer im Schatten gestanden? Daheim schon war der Anselm immer der Bessere, der Fleißigere. Warum wollte er den Löschauer-Toni aus dem Wege wissen? Aus Rache, weil ihn die Barbara so behandelt hatte? Hätte er denn anderes erwarten können? Stand im Hintergrund nicht die brennende Gier, andern einfach weh tun zu müssen? Vielleicht war es sogar eine krankhafte Veranlagung, sich daran zu ergötzen, anderen Leid zuzufügen, sie in Verwirrung zu stürzen.

Oh, diese Gedanken! Wie sie ihn heute quälten und bedrängten! Aber kein Funken Reue war dabei, nur Angst, daß man ihn zur Rechenschaft ziehen könnte.

Und dabei war die Frühlingsnacht so schön. Das Leben quoll aus allen Blüten, ganz leise hörte er einen Vogel gurren. Die Zeit verrann, und Urban hatte keine Eile, es drängte ihn zu nichts in dieser Karfreitagnacht. Nicht einmal zu Judith drängte es ihn. Es war, als müßte er sich gegen etwas wappnen, von dem er spürte, daß er ihm nicht entrinnen konnte.

Auf einmal hörte er Schritte, dazwischen ein Mädchenlachen. Die Schritte kamen näher. Urban gab es einen Stich, diese Stimme kannte er ja. Wie von einer Wespe gestochen, sprang er auf und verbarg sich hinter einem wildwuchernden Hagebuttenstrauch.

Langsam gingen zwei an ihm vorüber. Der Straßenschotter knirschte unter ihren Schuhen, und die Nacht war nicht so dunkel, daß Urban die beiden nicht hätte erkennen können. Toni hatte den Arm um die Schultern des Mädchens gelegt. Sie alberten miteinander, und der Toni sagte gerade:

»Wenn ich wieder ganz lebendig sein darf, dann brauchen wir nimmer nur die Nacht, Martha. Dann legen wir uns an einem Sonntag ganz früh schon beim Waldweiher ins Gras und hören zu, wie die Nachtigallen schlagen.«

Mit verzerrtem Mund starrte der Urban hinter ihnen her, bis sie dann nach rechts abbogen, wo es zum Graben hinging.

Jetzt hatte er also Gewißheit! Ächzend richtete sich Urban auf und streckte sich. Und schon schoß ihm wieder Leichtsinn ins Blut, seine Überheblichkeit ließ ihn die belastenden Gedanken wieder wegwischen. Was wollte man ihm denn schon? Ihm, dem Schloderer-Urban, der nur mit den Fingern zu schnackeln brauchte, dann buckelten hohe und höchste Herren vor ihm.

Rasch ausgreifend nahm er nun den Weg nach Arlstein und spürte gleich wieder sein Herz hüpfen, denn beim Zuiderbauern im Zuhäusl, das er gemietet hatte, brannte noch Licht. Judith hatte also gewartet auf ihn.

Ach ja, die Judith! Sie paßte zu ihm, war von seiner Art.

Am zweiten Osterfeiertag schlüpfte der Löschauer nach dem Mittagsschläfchen in die Feiertagsjoppe und griff nach dem Plüschhut, der an der Ofenstange hing.

»Gehst fort, Balthes?« fragte die Löschauerin, deren Gesundheit sich seit Tonis Heimkehr wesentlich gebessert hatte.

»Ja, heut fang ich an, den Spürhund zu machen. Ich muß endlich erfahren, wie die Sache um unsern Toni steht.«

»Und wo willst da anfangen, Balthes?«

»Jetzt geh ich zum Förster Rehbusch. Dort könnte der Schlüssel zu manchem Rätsel liegen.«

Die Löschauerin nickte. Ihr war alles recht, wenn sie nur endlich wieder ein Gefühl der Sicherheit bekam.

»Magst für die Frau Försterin ned ein paar Eier mitnehmen und ein bißl Geselchtes?«

Der Löschauer war ans Fenster getreten. Mit dem Rockärmel wischte er über den Filz des Hutes und strich mit den Fingern die Reiherspitzen.

»Nein, Mutter, das möcht ich ned gern. Erstens mag ich ned mit einem Packerl durchs Dorf gehen, und zweitens könnt es nach Bestechung ausschaun. Aber ich werd der Frau Försterin sagen, daß sie sich was holen kann.«

»Kommst zum Abendessen heim?«

»Nein, ich werd hernach zum Wirt gehn. Was ich eigentlich schon lang fragen wollt: Die Barbara und der Schloderer-Anselm, ist da noch was?«

»Ja, die zwei werden wir kaum auseinanderbringen können. Dir wär ein anderer lieber, gell?«

»Das möcht ich ned sagen. Der Anselm ist ein anständiger Kerl. Und daß sein Bruder ein Lump ist, dafür kann er nichts. Also, dann geh ich jetzt.« Er hob die Hand und strich seiner Frau über das Haar. Dann setzte er den Hut auf und verließ das Haus.

Das Forsthaus lag still unter Bäumen und Gebüsch. Im Garten blühten Märzenbecher und Tulpen in großer Menge. Der Flieder wollte auch schon ansetzen, und die Bienen summten. Das Gartentürchen stand halb offen, als der

Löschauer eintrat, und in einem Gartenstuhl rekelte sich die Frieda. Sie sprang sofort auf und trat auf den Löschauer zu.

»Stimmt es, Herr Löschauer, daß der Toni heimgekehrt ist?«

Bis gestern hätte der Löschauer auf solche Fragen noch eine ausweichende Antwort gegeben. Jetzt gab er es zu.

»Jawohl, der Toni ist wieder daheim.«

»Also, dann war er es also doch! Kann ich ihn gestern im Hochamt gesehen haben?«

»Auch das ist richtig.«

»Ich bin so froh für ihn. Sie wollen zum Vater?«

»Ja, ist er daheim?«

»Vorhin war er noch bei den Bienen hinten. Jetzt, glaub ich, ist er in der Kanzlei. Gehen Sie nur rein, Herr Löschauer.«

Als der Löschauer die Kanzlei betrat, erhob sich Rehbusch hinter seinem Schreibtisch und nahm die Brille ab.

»Du, Löschauer?«

»Ja, ich bin's, Rehbusch. Stör ich?«

»Aber nein! Komm, setz dich!« Er trat ans Fenster und öffnete es. »Frieda, die Mama soll Kaffee machen!« Dann sah er den Löschauer wieder an. In seinen Augen stand die Frage, die der Löschauer sofort beantwortete.

»Ja, der Toni ist wieder da.«

»Ich weiß es seit langem, noch bevor es Dorfgemunkel wurde. Einmal war ich im Holzschlag droben und hab sofort Bescheid gewußt. Der Kleinere ist wohl ein Tiroler, der Sprach nach?«

»Ja, der Jörgl. Dem haben wir zu verdanken, daß der Toni noch lebt. Aber dauernd im dunkeln leben müssen, geht auch über die Kraft des Stärksten. Und drum bin ich heut da, Rehbusch. Du könntest doch wissen, ob sich der Toni weiterhin verstecken muß oder nicht.«

»Wenn du mich fragst, nein.«

»Und was sollen wir tun?«

»Nichts.«

»Warten, bis sie ihn abholen?«

»Daran glaub ich nicht mehr. Der Major Mores hat es damals überhaupt abbiegen wollen. Aber dann ist der anonyme Brief eingelaufen.«

»Auch hinter jeder Anonymität steht ein Mensch. Aber wer?«

Rehbusch schaute sein Gegenüber lange an, dann ordnete er wie in leichter Verlegenheit die Bleistifte vor sich.

»Ich glaub, Löschauer, wir meinen beide den gleichen. Aber der Beweis fehlt halt. Noch, wenigstens.«

»Das interessiert mich jetzt erst an zweiter Stelle, Rehbusch. Ich hätt jetzt gern gehabt, daß du mir den Vorgang droben im Jochgraben noch mal ganz genau schilderst.«

»Das ist gleich erzählt, Löschauer. Ich kann es heut nicht anders erzählen wie damals. Wir haben den Schuß fallen hören und sind ihm nachgegangen. Dann sind wir auf den Toni gestoßen, wie er grad den Bock aufgebrochen hat. Ich hab ihn angeschrien, und dann — es ist alles furchtbar schnell gegangen. Im Schreck hat halt der Toni seine Büchse hochgerissen und den Mores getroffen.«

»Und ist davon?«

»Und wie! Ich hab ihm nachgeschrien, und das war mein Fehler.«

»Du hast ja müssen«, beschwichtigte der Löschauer den Förster, der schon wieder in Erregung kam.

»Aber ich hätt ihn nicht beim Namen nennen dürfen.«

»Ja mei, in der Erregung halt. Aber weiter, was war dann?«

»Dann? Ja, dann hab ich mich halt um den Major gekümmert, und plötzlich ist der Schloderer-Urban aus dem Gebüsch aufgetaucht.«

Der Löschauer riß den Kopf in die Höh.

»Der Urban? Das hab ich noch ned gewußt. Erzähl weiter. Was war dann?«

»Ja mei, was war dann? Ich war froh, daß er kommen ist und mir den Major hat nunterbringen geholfen.«

»Hat der Urban den Bock liegen sehen? Ist er hingegangen?«

Der Förster strich sich mit der Hand über die Stirn, suchte sich an alles zu erinnern.

»Ja, der Urban ist zu dem Bock gegangen und hat gesagt: ›Ein schönes Gwichtl und ein schöner Schuß.‹ Dann hat er sich bückt — ja, und weiter war eigentlich nichts.«

»Er hat sich bückt, sagst du. Da droben muß der Toni sein Ketterl mit dem Medaillon verloren haben. Jetzt geht mir langsam ein Licht auf. Was war mit dem Bock? Habt ihr ihn liegenlassen?«

»Ja. Am andern Tag in der Früh bin ich 'nauf, aber da war er nimmer da.«

»Der Toni hat ihn ned geholt, das hat er mir gesagt. Rehbusch, ist das so schwer zu erraten, wer ihn geholt hat?«

»Der Schloderer, meinst?«

»Natürlich! Wer denn sonst! Allmählich kommt Licht in das Dunkel.«

»Es wird überhaupt wieder lichter, Löschauer. Ab ersten Juni darf ich wieder ein Gewehr tragen.« Er strich sich den Bart und lachte. »Und der erste Bock, den ich schieß, Löschauer, der wird gefeiert!«

»Und wann werd ich meinen ersten Bock schießen dürfen?«

»Wirst auch nimmer lang warten müssen!«

In diesem Augenblick klopfte Frieda ans Fenster und winkte. »Kommt zum Kaffee 'raus, ich hab im Gartenhäusl deckt.«

Es wurde eine recht gemütliche Kaffeestunde, und der Löschauer fühlte sich nach langer Zeit einmal wieder so recht von Herzen glücklich. In der Försterfamilie gab es keine Geheimnisse, und als Rehbusch meinte, wenn der anonyme Brief nicht geschrieben worden wäre, könnte alles schon im Sande verlaufen sein, fiel die Frieda gleich ein:

»Da braucht man doch wirklich nicht mehr zu raten, wer den geschrieben hat.«

»Hast du Beweise dafür?«

»Nicht direkt, aber ich meine den gleichen wie ihr, den Urban nämlich. Eigentlich wär es ganz einfach, Herr Löschauer. Sie erzählen überall, daß der Schloderer den Brief geschrieben hat. Dann müßte er Sie anzeigen wegen übler Nachrede. Wenn er es nicht tut, spricht er sich selber schuldig.«

Der Löschauer stellte die Kaffeetasse nieder, die er gerade zum Mund führen wollte.

»Du bist ein Goldmädl! Du — das werde ich tun!«

»Der Urban hat zwar ein dickes Fell«, sprach Frieda weiter. »Aber das kann er nicht auf sich sitzen lassen, wenn er sich in der ganzen Gegend nicht unmöglich machen will. Man hat bloß überall zuviel Angst vor ihm. Alle meinen, er sei allmächtig, und niemand hat bisher gewagt, ihm die Larve vom Gesicht zu reißen.«

Mit sichtlichem Stolz betrachtete Rehbusch seine Tochter.

»Wenn man dich so reden hört, Frieda —«

»Recht hat sie!« unterbrach der Löschauer. »Der Urban hat sich einen Nimbus geschaffen, während wir geschlafen haben.«

»Er hat es eben verstanden, Herr Löschauer, eine weiße Weste herzuzeigen, obwohl gerade die seine von oben bis unten schmutzig ist. Dabei übersieht er aber, daß es nicht immer so bleiben wird. Wer ein wenig aufpaßt, muß doch merken, daß sich die grauen Vorhänge langsam öffnen und es wieder lichter wird.«

»Du redest oft so rätselhaft daher, Frieda«, sagte die Försterin wie in leiser Klage.

»Ich versteh sie ganz gut«, meinte der Löschauer. »Sie hat schon recht. Wir leben in der Annahme, daß es ewig so bleiben müsse, und vergessen dabei ganz, daß es so nicht bleiben kann. — Ihr Marmorkuchen, Frau Försterin, schmeckt übrigens ganz ausgezeichnet!«

»Dank Ihrer Frau, die uns doch immer ein bißchen was zukommen läßt.«

»Ach ja, daß ich's ned vergeß! Sie hat wieder was hergerichtet. Nein, danke, nicht mehr.« Der Löschauer hielt die Hand über seine leere Tasse. »Danke überhaupt für die Bewirtung, und — wir wär's, Rehbusch? Nicht wieder einmal Lust auf einen zünftigen Tarock?«

»Natürlich gehst du mit, Papa«, unterstrich Frieda die Bitte des Löschauers. »Du versauerst ja sonst noch ganz in deinem Bau!«

Eine halbe Stunde später wanderten die beiden Männer ins Dorf. An diesem Abend erzählte der Löschauer dem Schneidermeister Hopf — und ganz wohlbedacht diesem —, man wisse jetzt, daß der Schloderer-Urban jenen anonymen Brief geschrieben habe, der soviel Unglück über seine Familie gebracht habe. »Aber behalt es für dich«, fügte er hinzu.

»Aber geh! Kennst mich doch!« meinte der Schneider.

»Eben, weil ich dich kenn, sag ich dir's ja.«

Fünf Minuten später beobachtete er während des Kartenspiels, wie der Schneidermeister Hopf am Nebentisch schon auf die anderen einwisperte. Zufrieden betrachtete er seine Karten.

»Was hört man denn?« fragte Rehbusch ungeduldig.

»Ach so. Einen Solo hab ich«, lächelte der Löschauer. »Schelln heißt's!«

Die Förster-Frieda hatte schon recht gehabt mit ihrer Meinung, daß es bald lichter werden würde.

An einem Tag, an dem es so heftig regnete, als wolle der Himmel sich ausweinen über das Unglück so vieler fleißiger Sparer, kam das neue Geld, und mit ihm neue Hoffnung für alle, die ehrlich geblieben waren, denn sie hatten nichts zu befürchten.

Der Regen fiel unvermindert. Die Menschen redeten vom Geld und von nichts als Geld. Nur der Schloderer-Urban schwieg und hatte auf seine Art zu rechnen. Andere waren nämlich auch so schlau gewesen wie er und hatten in Erwartung des neuen Geldes ihre Waren zurückbehalten.

Urbans Bau war dadurch ins Stocken geraten, daß man auch vor ihm Ziegelsteine und sonstiges Baumaterial zurückbehielt. Jetzt konnte er alles wieder haben, aber nur gegen das neue Geld. Man wollte plötzlich keine Schreibmaschinen, Perserteppiche und Elektromotoren mehr. Man wollte bares Geld. Urban geriet in Schwierigkeiten, denn Judith riet ihm davon ab, seine halbe Million auf die Sparkasse zu tragen und umzutauschen, denn das Finanzamt war auf einmal recht hellhörig geworden in solchen Sachen. Schmuck, ja, Schmuck könnte man veräußern. Aber Judith war nicht nur schön, sondern auch raffiniert und hatte sich schriftlich von Urban geben lassen, daß der Schmuck ihr persönliches Eigentum sei. Als Urban meinte, sie brauchte ihm damit ja nur vorübergehend auszuhelfen, hernach könne man wieder Schmuck genug kaufen, sagte sie:

»Komm, komm! Du schaust mich wohl für dumm an! Was ich hab, das hab ich! Was ich kriegen soll, das steht in den Sternen.«

Nein, durch dick und dünn würde diese Frau nicht mit ihm gehen! Mit einem Mal schien sich alles gegen ihn verschworen zu haben. Zuerst versagte einer seiner alten Lastwagen endgültig den Dienst, beim zweiten war eine Reparatur von dreitausend Mark fällig, und dann verschwand die Judith mit dem gesamten Schmuck und einem seiner Lastwagenfahrer auf Nimmerwiedersehen, und zum Schluß fiel er der allgemeinen Verachtung preis. Es kam so weit, daß ihm die Schulkinder schon nachschrien: »Judas Ischariot!«

Er wehrte sich nicht dagegen. Stiernackig versuchte er gegen alles Widerwärtige anzugehen. Aber es war gerade, als ob er über Moorboden ginge. Der Boden unter ihm schwankte, und mit jedem Schritt sank er weiter ein.

Schreiend erschien er eines Tages auf dem väterlichen Hof und forderte sein Erbteil. Das waren zwanzigtausend neue Mark. Sein Vater sah ihn hilflos an, und die Mutter begann zu weinen.

»Kannst denn ned wenigstens bis zum Spätherbst warten?« versuchte der Vater ihn von der Forderung abzubringen. »Wo sollen wir denn jetzt so schnell soviel Geld hernehmen?«

»Das geht doch mich nix an!« antwortete Urban grob.

»Du, schrei da herin ned so, sonst patz ich dir eine«, sagte Anselm.

»Ist ja wahr auch! Wer nimmt denn auf mich Rücksicht? Haltet ihr vielleicht zu mir, wenn sie mich überall wie einen Aussätzigen behandeln?«

»Da bist ja selber schuld. Hättest den anonymen Brief ned schreiben dürfen!«

»Wer kann das beweisen?«

»Warum rührst dich dann ned? Warum machst keine Anzeige?«

»Da müßt ich ja das ganze Dorf anzeigen.«

»Ist ja ned wahr!« belehrte ihn Anselm. »Der Löschauer wartet sehnlichst drauf, daß du ihn anzeigst! Dann käm nämlich noch mehr ans Tageslicht. Das mit dem Medaillon zum Beispiel. Was du dir da geleistet hast, ist ein starkes Stückl! Schämen muß man sich, daß man sich Schloderer schreibt!«

»Dann schämt euch doch!« knurrte Urban, weil er sich nicht mehr zu schreien getraute. »Ich hab keine Zeit dazu. Mein dritter Lastwagen will nun auch verrecken. Jetzt hab ich mir einen neuen Lastzug bestellt, drum brauch ich mein Geld.«

Die Schlodererмutter weinte wieder. Der Vater stand mit hängenden Schultern da und griff vor lauter Verlegenheit mit den Unterzähnen nach seinem Schnurrbart hinauf. Nur Anselm bewahrte die Ruhe.

»Morgen kannst es haben.« Er riß die Stubentür sperrangelweit auf. »Und jetzt schau, daß du 'nauskommst! Es ist für uns alle eine Straf, wenn wir de gleiche Luft schnaufen müssen mit dir!«

»Na ja«, wollte Urban jetzt einlenken. »So will ich ja auch ned sein. Zahlts es halt auf zweimal.

»Ja, bist jetzt noch ned draußen? Morgen kannst dein Geld haben!«

Anselm schob den Bruder nicht gerade sanft zur Tür hinaus und schlug sie hinter ihm zu. Dann ging er zur Mutter hin und versuchte sie zu trösten:

»Wein nimmer, Mutter. Es wird schon alles recht werden.«

»Wo möchtest denn das viele Geld herbringen?« fragte der Schloderer.

»Laß das nur meine Sorge sein, Vater. Du brauchst mir bloß eine Vollmacht zu geben und Unterlagen, daß unser Hof schuldenfrei dasteht. Dann nehmen wir eine Hypothek auf.«

»Meiner Lebtag hab ich keine Schulden gehabt, und jetzt, auf meine alten Tag, kommt so was daher! Da müssen wir ja Zinsen zahlen?«

»Die bringen uns ned um. Und du vergißt, Vater, die Löschauer-Barbara kommt ja auch ned mit leeren Händen zu uns.«

Unsicher blinzelte der Schloderer seinen Sohn an.

»Bist du dir denn ganz sicher, Anselm, daß die Barbara zu uns rein mag, nach alldem, was der Urban den Löschauern angetan hat?«

Jetzt konnte Anselm wieder lachen.

»Ich heiß ja Anselm und ned Urban. Spätestens im nächsten Frühjahr wollen wir heiraten, Vater. Vorausgesetzt, daß du mir den Hof bis dahin übergibst.«

»Lieber heut wie morgen! Es soll ja bei dir ned so sein wie bei mir. Ich hab vierzig Jahr alt werden müssen, bis mir der Hof übergeben worden ist.«

Anstandslos bekam Anselm am nächsten Tag von der Raiffeisenkasse das Geld auf erste Hypothek. Andernfalls wäre ihm der Löschauer als Bürge zur Verfügung gestanden.

Man überwies den Betrag gleich auf das Konto 1368 des Nah- und Fernverkehrsunternehmers Urban Schloderer, wohnhaft in Arlstein, Dorfanger 32.

Und die Zeit ging dahin. Die Hochsommertage glühten über dem Land. An manchen Nachmittagen standen zuweilen schwere Gewitter auf. Die Lerchen verstummten dann, und die Bäume in den Obstgärten standen so unbeweglich, als wären ihre Blätter aus Metall.

Überall ratterten die Mähmaschinen. Beim Löschauer hatten sie seit kurzem einen schweren Traktor. Sie hatten im Winter viel Holz geschlagen und liegenlassen, bis die neue Währung gekommen war.

Als das Heu eingebracht war, war auf einmal der Jörgl verschwunden. Darüber herrschte Trauer im Haus, besonders der Löschauerin war der kleine Tiroler ans Herz gewachsen.

»Ich versteh das ned«, klagte sie. »Hab ihn doch gehalten wie einen eigenen Buben. Und jetzt lauft er bei Nacht und Nebel davon!«

»Das mußt du begreifen, Mutter«, tröstete der Löschauer. »'s Heimweh ist was Furchtbares. Das kann einen Menschen krank machen.«

»Ja, krank«, nickte die Frau. »Kaum mehr lachen hat er können in letzter Zeit, und manchmal ist er auf der Hausbank gesessen und hat bloß in die Berg 'naufgeschaut.«

Der Toni sagte gar nichts. Er lächelte nur. Freilich hatte es auch ihn schockiert, daß der Jörgl über Nacht verschwunden war, hatten sie doch im Herbst miteinander 'nüber wollen.

Fünf Tage später war der Jörgl zurück, hatte wieder seine hellen, lachenden Augen und den lockeren Mund. Er tat so, als hätte er nur einen kleinen Spaziergang ins Landl hinübergemacht.

»Bloß wieder einmal sehn hab ich's müssen, 's Hoamatl«, erzählte er. »Hoch am Berg bin ich droben gestanden und hab 'nuntergeschaut ins Pustertal. So kloa winzig ist 's Dörferl drunten gelegen, als hätt der Herrgott eine Spielzeugschachtel ausgeleert. Die Lichterl haben so freundlich geschienen da drunten, als wären Sterndl vom Himmel gefalln. Lang bin ich so gestanden und — bin wieder umkehrt.«

»Wie hast du das nur fertiggebracht?« fragte der Löschauer. »Vor der Haustür stehn und ned 'neingehn!«

»Zu wem hätt ich denn gehen sollen? Die Eltern leben nimmer, und meine Schwester — vor lauter Angst hätt die mir ned amal ein Nachtlager angeboten. Na, na! 's Hoamatl hab i wiedergesehen, und mehr wollt i nit. Und mir war's ja auch grad, als wär eine Schnur an mich gebunden gewesen, von hier nach dort. I hab wieder z'rück müssen, das hab ich gespürt.« Er schlug sich gegen die Brust. »Da drinnen im Herzen hab ich's gespürt. In Brixen hab ich mir dann ein paar Schoppen Roten kauft, und dann hab ich mich wieder heimzu gemacht, und jetzt bin ich halt wieder da.«

»Gott sei Dank«, sagte die Löschauerin, und der Bauer fügte hinzu:

»Von allem, was du gesagt hast, war das schönste: Und jetzt bin i halt wieder da. Heimzu hast dich wieder gemacht. Das freut mich, Jörgl, daß dir beim Schlegl am Holz auch Heimat geworden ist.«

»Ned bloß beim Schlegl am Holz«, lächelte Toni und blinzelte dem Kameraden zu. Der nickte zurück und gab damit zu, daß er sich wohl auch bei der Reindobler-Monika auf der Tuxer Alm daheim fühlte.

Durch die vielen Gewitter war das Getreide auf manchen Äckern so niedergewalzt, daß man nicht mit der Maschine mähen konnte. So standen also der Toni und der Jörgl mit den Sensen vor dem Kornfeld an. Die Barbara war bereit, hinter dem Jörgl die Korngarben aufzulesen. Der Toni wartete nur noch auf die Tagwerkersfrau, die kommen sollte und nicht kam, weil sie krank geworden war. So blieb also nichts anderes übrig, als daß der Löschauer selber mähte und der Toni hinter ihm die Halme aufraffte und zu Garben band.

Die Sonne stieg, der letzte Tau verdampfte, und die

Schwalben flogen hoch. Den schmalen Fußweg vom Dorf herauf kam ein Mädchen. Das weiße Kopftuch war von weitem zu sehen. Als der Toni sich einmal aufrichtete und über das Kornfeld hinsah, leuchteten seine Augen auf.

»Die Martha kommt!«

Ja, sie kam, nahm dem Löschauervater die Sense aus der Hand und gab sie dem Toni. Dabei sagte sie:

»Der Gruber hat gestern in der Wirtschaft erzählt, daß seine Frau krank geworden ist. Und da hab ich die Wirtin gebeten, daß sie mir ein paar Tage freigibt. Ist's recht so?«

»Das ist doch kein Freinehmen, wenn du Korngarben binden willst«, sagte der Löschauer.

»Darf ich denn ned?«

»Und ob du darfst«, lachte der Löschauer, band seinen blauen Schurz ab und wickelte ihn zusammen. »Von mir aus könntest du schon von heut ab ganz bei uns sein.« Dann schritt er langsam das Feld entlang und ging zum Hof.

Bevor der Toni mit der Sense auszog, mußte er sein Mädl noch in die Arme nehmen.

»Wie schön, daß du da bist, Martha.«

»Noch viel schöner ist's, daß ich bei dir sein kann.«

Dann rauschte die Sense schwer und breit in das Korn. Martha beugte sich zur Erde und raffte die Halme auf. Es war mühsamer, als in der Küche zu stehen, aber es war doch ein sonderbares Glück, das sie durchströmte. Manchmal hielt Toni inne, dann hob Martha das Gesicht und lächelte ihm zu. Sie schritten das Feld zurück, plauschten ein bißchen mit dem Jörgl und der Barbara. Das weiße Kopftuch war Martha längst in den Nacken gerutscht und lag wie ein Schmuck um ihren Hals. Und der Toni sah, daß ihr kleine Schweißtropfen auf Stirn und Oberlippe standen, die zwischen Sensenwetzen und neuem Schnitt weggeküßt sein wollten.

An einem dieser schönen Abende, der Löschauer saß mit seiner Bäuerin auf der Hausbank, kam der Förster Rehbusch vom Wald herunter auf den Hof zu. Der Löschauer riß die Augen auf, denn der Förster trug eine funkelneue Büchse auf dem Rücken.

»So laß ich mir's gefallen!« sagte der Löschauer nicht ganz ohne Neid. »Wenn nur wieder einer von uns mit der Büchs in den Wald gehen kann!«

Fast andächtig lehnte Rehbusch das Gewehr an die Hauswand und nahm den Rucksack ab. Dann nahm er auf der Hausbank Platz.

»Der Toni ist nicht da?«

»Nein. Die zwei Buben sind ins Dorf. Da ist — was ist heut gleich?«

»Generalversammlung vom Trachtenverein«, antwortete die Löschauerin. »Dabei weiß man noch gar ned, ob er sich schon so unbekümmert unter die Leut trauen darf. Geh, Balthes, schenk doch dem Förster auch ein Glasl Wein ein.«

»Das laß ich mir gefallen!« sagte Rehbusch. »Aber laß mich zuerst meine Neuigkeit anbringen. Heut komm ich mir schon den ganzen Tag vor wie ein Engel, der die frohe Botschaft verkündet. Also — dem Toni sein Fall ist eingestellt worden.«

Die Löschauerin schlug vor Freude die Hände zusammen. »Mein Gott, ist das wirklich wahr?«

Der Löschauer sagte gar nichts. Nur um sein Kinn zuckte es wie bei einem Kind, das weinen möchte und nicht kann.

»Es ist eine Amnestie erlassen worden für kleinere Vergehen.«

»Na, so klein war das Vergehen grad auch ned«, sagte jetzt der Löschauer.

»Der Major Mores hat es halt so hingestellt. So, das war jetzt das erste. Als zweites darf ich dir mitteilen, Löschauer, daß du ab nächsten Monat wieder ein Gewehr tragen und auf deine Jagd gehen darfst!«

Nun hätte der Löschauer wirklich beinahe geweint. Verlegen fuhr er sich mit dem Handrücken über die Augen.

»Rehbusch, auf die Stund hab ich gewartet wie eine arme

Seel auf die Erlösung. Was magst jetzt trinken? Roten oder Weißen? Auf das müssen wir nämlich anstoßen.«

Einen weißen Wachauer Spätlese tranken sie, und die Löschauermutter bekam ganz rote Bäcklein.

Die Dämmerung sank. Vom Weiher hinter der Wagenremise watschelten ein Dutzend Enten daher mit vollen Kröpfen. Hinter ihnen fünf Gänse, hochgereckt den schlanken Hals und leise schnatternd. Langsam zogen sie durch die offene Stalltür ein. Eine wundersame Ruhe breitete sich über den Hof. Dann läutete in Riedenegg die Abendglocke, und als sie verklungen war, sagte die Löschauermutter:

»Weil alles so gut ausgegangen ist, ich hätt ganz gern eine zweite Glocke gestiftet für unsere Pfarrkirch.«

»Eigentlich hab ich ja immer gesagt«, antwortete der Löschauer, »daß alles gut ausgehen wird. Und wenn ich's bedenk, dann war es die Martha, als ich bei ihr auf der Alm war, die mir mit ihrem unbeirrbaren Glauben wieder Vertrauen geschenkt hat.«

»Du meinst die Martha, die beim Adlerwirt in der Küche hilft?« fragte Rehbusch.

»Ja, die zukünftige Bäuerin hier.«

Sie stießen wieder miteinander an. Die Löschauerin ging in den Flur, wo der Schlüssel zur Kapelle hing. Gleich darauf bimmelte das kleine Glöcklein im Turm. Es war, als ob es heute anders klingen würde, freudiger, heller.

»Wenn man es recht bedenkt«, sagte Rehbusch in die Stille hinein, »dann kann man sagen: Nur die Zeit war schuld, denn in normalen Zeiten hätte der Toni gar nicht im eigenen Revier gewildert. Da wär ja dann eher der Major Mores strafbar gewesen. Und wenn damals der Schloderer nicht dazugekommen wär, wär ja sowieso alles im Sand verlaufen, denn Mores wollte keine Anzeige und hat den Vorschlag gemacht, daß wir es als Jagdunfall hinstellen.«

»Rehbusch, daran darf ich gar ned denken, was uns an

Leid und Kummer erspart geblieben wäre. Das kann der Schloderer-Urban nimmer gutmachen, und ich weiß noch nicht, was geschieht, wenn er mir in die Händ läuft.«

Rehbusch schüttelte den Kopf.

»Mir ist er in die Hände gelaufen, aber ich hab mich beherrscht. So einfach war es ja für mich auch nicht, wie sie mich damals abgeholt haben zum Verhör. Aber an dem mag ich mir die Hände nicht dreckig machen. Da gibt es nichts anderes wie Verachtung. Und die kriegt er überall zu spüren. Es ist eigentlich eine erfreuliche Feststellung, wie da die Riedenegger zusammenhalten. Man versteht es ja nicht, die Schloderer sind eine so achtbare Familie, nur einer davon ist aus der Art geschlagen.«

Die Löschauerin kam zurück und sagte mit glücklichem Lächeln:

»Am liebsten hätt ich heut das Glöckerl eine ganze Stunde lang geläutet.«

»Tu dich nur jetzt nicht übernehmen vor lauter Freud«, meinte der Löschauer. »Im nächsten Monat kriegen wir einen Wagen, und die erste Fahrt geht nach Birkenstein.«

»Und die zweite nach Altötting, gell?«

Der Löschauer nickte und nahm ihre Hand.

»Wenn im nächsten Frühjahr die junge Bäuerin einzieht, dann kriegst es du auch schöner. Dann schaun wir uns ein bißl was an von unserer schönen Welt.«

Der Förster stieß mit den beiden noch einmal an und griff nach Gewehr und Rucksack. »Beim Büchsenmacher Schörhammer hab ich wunderschöne Jagdgewehre gesehn, Löschauer. Ich denk, daß du morgen schon hinfahren wirst.«

»Kriegt man die so ohne weiteres?«

»Nur mit einem Genehmigungsschein. Und der muß von der Militärregierung abgestempelt sein. So, und jetzt eine recht gute Nacht.«

Der Löschauer begleitete ihn noch ein kleines Stück über den Obstgarten hinaus. Dann drückten sie sich die Hände, und Rehbusch zog die seine nicht zurück, als ihm der Löschauer versicherte, daß er damals noch ein Gewehr habe wegräumen können und deshalb morgen früh um drei Uhr nach langer Zeit wieder auf die Frühpirsch gehen werde, ohne Angst haben zu müssen.

Ende August fand alljährlich auf der Tuxer Alm eine Almkirchweih statt. Dies war zwar keine Alm im herkömmlichen Sinn, sondern mehr eine Bergwirtschaft, die von Benedikt Reindobler und seinen beiden Töchtern Monika und Franziska betrieben wurde.

Schon frühmorgens pilgerten die Riedenegger auf die Tuxen hinauf, der Trachtenverein mit Musik und Fahne voran, das Schimmelgespann des Adlerwirts hintendrein. In der Kutsche saßen der Herr Pfarrer und der Bürgermeister.

Nach einem Feldgottesdienst für alle Gefallenen begannen die beiden Mädel mit den Maßkrügen zu rennen und hatten alle Hände voll zu tun. Es war das Geschäft des Jahres. Eine Aushilfe in der Küche kochte einen riesigen Hafen voll Gulasch, ferner gab es Schweinernes mit Kraut und Würstl. Benedikt aber stand am Schanktisch und war bedacht darauf, den Krügen eine schöne Schaumkrone zu geben. Es war sein Ehrgeiz, daß kein Maßkrug zurückkam mit der Beschwerde, es sei schlecht eingeschenkt.

Landschaftlich lag diese kleine Bergwirtschaft ganz besonders schön. An einen Hang hingebaut, breitete sich vor ihr ein großer ebener Platz. Dort allerdings ging dann eine Wand an die vierzig Meter steil in die Tiefe. Damit niemand unversehens an den Abgrund geriet, war das Plateau mit einem Zaun abgegrenzt.

Vor der Hütte hatten die Ehrengäste an einem gedeckten Tisch Platz genommen; der Herr Pfarrer, der Löschauer, der Förster Rehbusch, der Lagerhausverwalter Emmrich und der Hauptlehrer Brechtl mit seiner Frau, der Bürgermeister Lotterich und der Lagerhausverwalter Knödl. Auch alle anderen Tische waren dicht besetzt, und auf dem Rasen lagerten noch viele Gäste mit ihren Bierkrügen. Seit zehn Jahren fand dieses Fest heuer zum erstenmal wieder statt. Krieg und Nachkriegszeit hatten es unterbrochen.

Benedikt Reindobler, überall nur der Tuxer-Bene genannt, war ein kleiner, beleibter Mann, der drollig anzusehen war mit seinem weißen Schurz und dem Käppchen auf dem schütteren Haar. Niemand konnte begreifen, wie er zu zwei so hübschen Töchtern kam, die viel größer waren als er. Sie gerieten ihrer Mutter nach, die vor fünfzehn Jahren in nebliger Frühe zu nah an den morschen Zaun gekommen und in die Tiefe gestürzt war. Ein Marterl am oberen Rande der Wand zeugte noch von diesem schrecklichen Ereignis.

Der Tuxer-Bene war weithin bekannt als guter Zitherspieler. Er tat immer so, als sei er der grimmigste Wirt im weiten Umkreis, war aber in Wahrheit ein seelenguter Mann, der es allen seinen Gästen rechtmachen wollte.

Als das Mittagessen vorbei war, kam er an den Tisch der Ehrengäste und fragte, wie es geschmeckt habe.

»Ausgezeichnet, ganz ausgezeichnet«, lobte der Pfarrherr. »Du mußt mir das Rezept geben. Meine Köchin bringt Gulasch nie so gut zustande.«

»Die wird halt weniger Hirschfleisch drunter tun«, meinte Förster Rehbusch und zwinkerte dem Löschauer zu.

»Hirschfleisch?« wehrte der Bene ab. »Ned ein Gramm! Ich tät mich Sünden fürchten. Anders wär's natürlich, wenn mir der Herr Förster einmal ein Hirschviertel brächt.«

»Du scheinheiliger Tropf!« lachte der Löschauer. »Was du brauchst, das holst du dir schon selber.«

Der Bene blies beide Backen auf und fragte mit scheinheiliger Miene: »Herr Pfarrer, hab ich so was schon mal gebeichtet?«

»Aber, Benedikt! Du weißt doch, daß es gegen das Beichtgeheimnis ginge, wenn ich dazu was sagte! Du tätst mir aber einen Gefallen, wenn du uns jetzt ein paar Stückl auf der Zither spielen möchtest.«

»Gern, Herr Pfarrer! Monika, bring die Zither raus!«

Die Monika, rotbackig, mit lustigen Augen und einer Fülle schwarzen Haares, brachte dem Vater die Zither und fragte:

»Soll ich derweil in die Schänk gehn, Vater?«

»Du? Du schau, daß kein Krug leerbleibt! Dein Tiroler Büffl soll in die Schänk gehn derweil. Wenn er doch schon um dich rumschnurrt wie ein Märzenkater, dann soll er auch ein bißl zugreifen!«

Und so stand denn der Jörgl hinter der Schänke, füllte die Maßkrüge mit einer Behendigkeit, als hätte er nie im Leben etwas anderes getan.

»Wieso Tiroler Büffl?« fragte der Löschauer zwischen den Zitherklängen des »Tölzer Schützenmarsches« und dem »Weg zum Herzen«.

»Ist ja wahr auch!« schimpfte der Bene gutmütig. »Da zieht man die Töchter her, dann kommt so ein Tiroler Standschütz daher und veranstaltet ein Scheibenschießen auf meine Monika!«

»Er hat aber, scheint's, gut getroffen!«

»Ja, mitten aufs Blatt. Wenn sie ihn ned kriegt, den Jörgl, dann nie im Leben ein anderer. Ausgerechnet der muß es sein!«

»Wenn die Monika ihn mag, bist machtlos«, sagte der Löschauer. »Ich hab's ja bei meiner Barbara erlebt. Ausgerechnet vom Schloderer hat's einer sein müssen. Zum Glück der Bessere.«

»Genauso ist's bei uns«, bestätigte der Bene und steckte seinen Zitherring an den Finger. »Weißt, was sie g'sagt hat, wie ich gemeint hab, der Tiroler wär ned der Richtige. Vater, hat s' gsagt, das mußt schon mir überlassen. Wenn einer einen gleich so stürmisch anpackt wie der Jörgl, da kann man ned widerstehn. Da gehörst ganz einfach der Katz.«

In glühender Pracht hing der Sommertag über allem Trubel. Die Berge standen von Sonnenlicht überströmt und wechselten ihre Farbe mit dem Weiterwandern der Sonne.

Die Musik spielte, und wenn sie einmal eine Pause machte, dann hörte man die Glocken der Kühe, die droben am Steilhang grasten. Sechs Stück waren es. Mehr hatte der Bergwirt nicht.

Auf einmal, die Schatten vor dem Wirtshaus wuchsen schon, tauchte der Schloderer-Urban auf. In seiner Begleitung waren drei fremde Mannsbilder, so richtige Schlägertypen, hemdärmelig, mit Tätowierungen auf den Armen. Der Urban überragte sie. Die unvermeidliche Brille vor den Augen, blieb er eine Weile stehen und schaute auf die Menge. Aber niemand rief ihn, niemand wollte, daß er sich zu ihnen setze. Ein fast tödliches Schweigen herrschte für einen Moment. Dann steuerte der Urban mit seinen Komplizen auf den Tisch zu, der ganz nahe am Bretterzaun vor dem Abgrund stand.

»He, Wirtschaft!« schrie er mit seiner hellen Fistelstimme. »Wo bleibt unser Bier? Vier Maß auf meine Rechnung!«

»Jetzt kommt er schon mit Leibwache«, meinte der Löschauer-Toni und zwinkerte dem Jörgl zu. »Wenn es sein muß, Jörgl, du nimmst den Rothaarigen und den mit dem Kropf, und ich kauf mir den Urban und den andern.«

»Gar nix wird heut kauft«, sagte der Löschauer, der plötzlich neben dem Toni stand und ihm die Hand auf die Schulter legte. »Des Fest wollen wir ned stören. Für die Abrechnung mit dem Urban such dir einen anderen Zeitpunkt aus, oder du überläßt sie mir.«

»Ned gern, Vater. Ich versprech dir bloß, daß heut nix geschehn wird. Aber abrechnen werd' ich allein mit ihm.«

Die Musik spielte wieder, dicht gedrängt walzten die Paare auf dem Podium. Der Jörgl entzündete die Holzkohlen unter dem Grill, denn für den Abend war ein Spanferkelessen geplant. Da entstand bereits der erste keine Aufruhr. Der Schloderer-Urban wollte mit der Axtinger-Berta tanzen, und die gab ihm einen Korb. Dann versuchte er es bei der Rehbusch-Frieda, die lachte ihm ins Gesicht und fragte ihn, was er sich denn einbilde.

Der Jörgl umklammerte den Griff der zweizinkigen Gabel fester, mit der er am Spanferkel hantierte. Aber der Urban ging zu seinen Kumpanen zurück und ließ seine grelle Stimme hören:

»Is denn des aa ein Wirt, wo man kein Bier ned kriegt?«

Der Bene schenkte die Maßkrüge voll, und die Monika trug sie an den Tisch und kassierte gleich.

»Seit wann muß man denn 's Bier gleich zahln?« wollte der Urban wissen.

»Jeder muß gleich zahln«, antwortete das Mädl. »Sonst kennt man sich hinterher in dem Durcheinander nimmer aus.«

»Ich bin noch nirgends was schuldig geblieben«, trumpfte der Urban auf. »Und wenn es sein muß, dann halt ich alle, wie sie da heroben sind, zechfrei!«

»Du mußt ja erst wissen, ob wir von dir was mögen«, schrie der Kirchner-Georg zurück.

»Ja, ja, heut sitzt ihr wieder auf dem hohen Roß!« plärrte Urban. »Aber wie's nix gegeben hat, da seids um den Urban froh gewesen!« Er griff seinen Maßkrug und stieß mit seinen Kumpanen an. Die Musik spielte wieder, und der Vorfall schien vergessen zu sein, aber unter der Oberfläche glomm es weiter.

Der Jörgl pinselte das Spanferkel mit dunklem Bier ein, und ein herrlicher Duft strömte vom Grillofen her, und immer tiefer sank der Abend. Wieder einmal schrie der Schloderer-Urban nach Bier, und als die Monika damit kam, packte er sie derb an den Armen und zog sie auf seine Knie.

»Jetzt muß ein Bussl her, Dirndl, da hilft dir alles nichts!«

Die Monika wehrte sich, aber gegen die Bärenkräfte des Urban war sie machtlos.

»Hilfe!« schrie sie gellend. Der Jörgl rannte mit Riesensprüngen herbei und riß das Mädel vom Urban weg.

»Du, grad einmal rühr sie noch an, dann kannst was erleben!«

»Geh, was willst denn du schon, du dreckiger Itaker!«

Eine tödlichere Beleidigung hätte dem Urban gar nicht einfallen können. Er hatte sie kaum ausgesprochen, da hatte ihn der Jörgl schon an der Gurgl.

»Was hast du gesagt?« Blitzschnell zuckte die Faust des Tirolers in Urbans Gesicht. Aber schon fielen die anderen drei über ihn her. Der Jörgl schlug um sich wie ein Berserker, aber es half ihm nicht viel. Der Rothaarige wälzte sich zwar am Boden, und der Urban schrie:

»Wo is er denn, dein schmalzhaariger Freund? Warum hilft er dir ned?«

»Bin schon da«, sagte der Toni und hieb zuerst den Jörgl mit ein paar wilden Schlägen aus der Umklammerung heraus. Dann griff er den Urban so heftig an der Brust und riß ihn herum, daß er beinahe an den Bretterzaun getorkelt wäre. Aber gerade dort wollte ihn der Toni haben, ganz dicht am Abgrund. Dort hielt er ihn fest wie mit Schrauben.

»Ja, so rührt euch doch!« bellte der Urban seine Kumpane an. Aber da war nicht mehr viel zu rühren. Der Jörgl hatte den Rothaarigen schon so fertig gemacht, daß er sich nicht mehr rührte. Die anderen beiden wurden von einigen Riedeneggern zurückgedrängt.

»So, Urban, jetzt rechnen wir ab miteinander«, sagte der Toni und schob ihn an die Planke, daß sie leise krachte.

»Spinnst du!« ächzte Urban, plötzlich kreidebleich im Gesicht. »Willst mich leicht gar in den Abgrund stoßen?«

»Das kommt ganz auf dich an. Du wirst mir jetzt ganz brav die Wahrheit sagen.«

»Das ist Mord!« schrie Urban.

»Und was hast du mir zugedacht gehabt? Das waren hundert Morde! Aber zunächst einmal: Hast du den anonymen Brief geschrieben?«

»Geh, sei doch gescheit, Toni.«

»Ich bin schon gescheit. Mir ist nämlich ein Licht aufgegangen.« Ein kurzer Ruck, der Urban hing schon mit dem

Oberkörper über der Planke. »Also, hast du den Brief geschrieben?«

»Ja«, hauchte der Urban. Auf seiner Stirn stand kalter Schweiß.

»Lauter«, forderte der Toni. »Alle sollen es hören!«

»Ja!« schrie der Urban jetzt. »Aber laß mich aus!«

»Nur Geduld, Urban. Wie war das mit dem Medaillon?«

»Ich hab es gefunden, wie du den Bock geschossen hast.«

»An jenem Sonntagmorgen«, höhnte Toni. »Und in die Fremdenlegion hast mich drängt, weil du gewußt hast, daß ich dann nimmer heimkäm. Stimmt es?«

Der Urban konnte nur mehr zu allem nicken. Die Brille war ihm längst heruntergefallen.

»Warum?«

»Weil ich mir denkt hab, dann könnt ich Schlegl vom Holz werden, wenn bloß mehr die Barbara da ist.«

»Du mußt lauter reden, Urban, sonst hören es die anderen ned. Und es sollen doch alle wissen. Und weil dich meine Schwester ned mögen hat, hast das erbärmliche Spiel mit meinem Tod inszeniert? Stimmt das?«

Mit einem letzten Aufbäumen wollte Urban den Toni von sich stoßen. Dessen Hände aber hielten ihn wie Eisenklammern fest. Die Planke krachte bereits.

»Gibst es zu, daß es so war?«

»Ja, wahr ist's, wahr ist's«, stammelte Urban in seiner Todesnot. Er wußte, wenn der Toni ihn jetzt ausließ, stürzte er unweigerlich in die Tiefe. Er spürte bereits die Kälte von dort unten herauf, und das Schweigen ringsum war auch schon tödlich.

»Ich geb alles zu«, jammerte er. »Laß mich bloß aus! Du wirst mich doch ned da hinunterstoßen!«

»Nein, jetzt nimmer«, sagte der Toni mit unheimlicher Ruhe und riß ihn zurück, daß er in die Knie brach. »Jetzt weiß ich ja alles, und alle anderen auch. Die Larve hab ich dir vom Gesicht gerissen, mehr hab ich ned wollen. Bloß eins tu jetzt, verschwinde sofort mit deinen Komplizen.«

Es hatte bloß mehr der Urban zu verschwinden. Die anderen hatten bereits das Feld geräumt. Der Toni legte den Arm um Jörgls Schultern.

»Jörgl, auf den Augenblick hab ich lang warten müssen. Jetzt ist es kommen. Und ich dank dir, daß du mir dazu verholfen hast.«

»Toni, geh her zu mir«, rief der Löschauer, der an der Schänke stand.

»Ich hab ned anders können, Vater.«

»Ist schon recht, Bub. Daß du ihn ned nunterwirfst, hab ich ja gewußt. Und ich glaub, besser hättest du ihm das Geständnis gar ned rauspressen können als in Gegenwart von so vielen. Alle haben es gehört. Und jetzt, mein ich, müßt eigentlich Ruh sein. Da schau hin, wer da kommt.«

Der Toni drehte das Gesicht und sah die Martha vom Steig heraufkommen. Mit ein paar Sprüngen war er bei ihr und schloß sie in die Arme.

»Martha, jetzt bist grad zu spät kommen.«

Dann führte er sie an der Hand auf das Tanzpodium und drehte sofort mit ihr in die Klänge des schmeichlerischen Wiener Walzers hinein.

Es herbstelte schon, und im Bergwald röhrten die Hirsche. Von den Almen trieben sie das Vieh ab, und auf den Feldern rauchten die Kartoffelfeuer.

Da fuhr eines Nachmittags der Major Mores beim Schlegl am Holz in den Hof. Nicht im Jeep, sondern in einem taubenblauen langschnittigen Wagen mit dem US-Stern an der Türe. Er hielt knapp vor der Gred, und neben diesem eleganten Schlitten wirkte der erst kürzlich erstandene Volkswagen Tonis wirklich wie ein Käfer. Mores stieg bedächtig aus und schaute sich im Hof um. Durch das Küchenfenster beobachtete ihn der Löschauer und wußte sofort, der kam in keiner bösen Absicht mehr. Nur die Löschauermutter bangte und klagte:

»Der wird doch dem Toni —«

»Nichts wird er«, unterbrach der Löschauer sie und schlüpfte in seinen Janker. Währenddessen war aber die Barbara bereits unter die Haustür getreten.

»Grüß Gott, Herr Major.«

Mores drehte sich um, und das Staunen in seinen Augen war nicht zu übersehen.

»Grüß Gott! Ich hätte gerne —«

»Da bin ich schon«, sagte der Löschauer, kam aus der Haustür und knöpfte seinen Janker zu und wollte seine Hände hinter dem Rücken verschränken. Aber Mores streckte ihm die Hand entgegen.

»Grüß Gott, Löschauer, oder Schlegl am Holz. Was ist eigentlich richtig?«

»Löschauer ist der Schreibname, beim Schlegl am Holz heißt man's am Hof, ich glaub, seit dreihundert Jahren schon.«

»Ach, so ist das. Tja, eigentlich wollte ich Ihren Sohn sprechen.«

»Der ist auf dem Kartoffelacker. Hoffentlich ist's nichts Unangenehmes?«

»Sie meinen wegen jenes Sonntagmorgens? Das ist doch vorbei.«

»Und vergessen?«

»Nein, vergessen nicht. Aber es ist kein böses Erinnern mehr, und ich bin ja selber froh, daß sich alles so hat regeln lassen.«

»Weil der Herr Major ein gutes Wort eingelegt hat.«

»Woher wissen Sie das?«

»Der Rehbusch hat's mir erzählt.«

»Der Rehbusch hat aber auch erzählt, wieviel Kummer Ihrer Familie die Sache gebracht hat. Das hat mir aufrichtig leid getan.«

»Und da kommt nichts mehr nach?«

»Aber nein! Der Fall ist erledigt. Und ein bißchen hab ich auch mitgewirkt, daß Sie nun selber wieder auf die Jagd gehen dürfen.«

»Herr Major, das werde ich Ihnen nie vergessen! Aber wollen wir nicht ins Haus gehn?«

»Aber warum denn? Lassen Sie uns doch hier draußen sitzen.«

»Kaffee vielleicht?« fragte Barbara, die noch unter der Tür stand.

Mores schüttelte den Kopf.

»Aber eine Brotzeit werden Sie uns doch ned abschlagen?«

»Da sag ich nicht nein.«

Sie nahmen auf der Hausbank Platz, und Barbara breitete eilends eine weiße Decke über den Tisch. Dann ging sie ins Haus und drängte die Mutter, daß sie sich auch hinaussetze. Die war immer noch voller Ängstlichkeit und atmete erst auf, als Mores ihr herzlich die Hand schüttelte und ihr versicherte, daß sie wirklich ganz ohne Sorge sein dürfe.

Es wurde eine friedsame Stunde. Barbara tischte Rauchfleisch auf, schön durchwachsen und lachsfarben geräuchert, in ganz dünnen Scheiben. Dazu Butter und Bauernbrot und zum Trinken einen Roten.

»Ich hoff, daß es dem Herrn Major gut schmeckt«, meinte die Löschauerin sagen zu müssen. Sie hatte rote Bäckchen und fühlte sich erst in dieser Stunde von aller Bangnis erlöst.

»Aber ja, liebe Frau, es schmeckt ausgezeichnet. Bevor ich abreise, möchte ich, wenn es geht, gern meiner Frau davon etwas mitbringen.«

Überrascht hob der Löschauer den Kopf.

»Sie wollen uns verlassen?«

»Ja, am ersten November kehre ich in die USA zurück.«

»Schade. Meistens kommt nichts Besseres nach«, meinte der Löschauer.

»Aber warum denn?« lachte Mores. »Das Schlimmste ist doch längst vorbei, Stück für Stück habt ihr eure Feiheit wiederbekommen. Und ich weiß heute bereits, daß ich immer zurückdenken werde an dieses Land und an seine Menschen.«

»Auch an jenen Sonntagmorgen?«

»Das auf alle Fälle!«

»Aber wenn der Herr Major einmal rüberkommen möcht«, mischte sich die Mutter ins Gespräch, »mit der Familie vielleicht, bei uns sind Sie jederzeit herzlich willkommen.«

»Davon werde ich gerne Gebrauch machen. Daß ich es aber nicht vergesse, Löschauer, bevor ich abreise, möchte ich bei Ihnen noch einen Hirsch schießen.«

»Den besten und schönsten, der im Revier ist, Herr Major.«

»Und der Toni soll mich dabei begleiten.«

»Da kommt er ja«, sagte die Barbara.

Über das Sträßlein herauf tuckerte der rote Traktor mit einem Truhenwagen voller Kartoffeln. Neben dem Toni saß der Jörgl, der den Toni in die Seite stieß.

»Schau hin, Toni, kennst du den?«

Im ersten Augenblick hatte der Toni einen Schreck. Aber dann wurde er ganz ruhig. Es war ihm immer so gewesen, als hätte diese Begegnung noch auf ihn gewartet. Nur überkam ihn eine leichte Verlegenheit, weil er nicht wußte, wie er dem Major gegenübertreten sollte. Aber das wurde ihm leichtgemacht, denn Mores stand auf und kam ihm entgegen. Schweigend standen sie eine Weile voreinander. Es war, als wolle der Major dem Toni bis auf den Grund der Seele blicken.

»So also sieht er aus! Der Augenblick damals im Wald war ja wohl zu kurz, als daß wir —«

»Das hat mir furchtbar leid getan, Herr Major. Aber ich hab so einen Schreck gehabt damals, ich hab ned voraussehen können, was für Folgen das haben würde.«

»Aber das weiß ich doch bereits. Es ist ja alles nur durch Intrigen so verlaufen.«

»Sie tragen mir also nichts nach, Herr Major?«

»Nicht das geringste. Ich hab nur eine Bedingung, daß Sie mich demnächst auf einen Hirsch begleiten. Ich möchte erleben, daß Sie ruhig zusehen, wenn ich schieße. Das wird mir dann so eine Art Genugtuung sein.«

»Die gönn ich Ihnen von Herzen gern!«

Zwei Hände schlossen sich ineinander.

»Warum tun Sie das, Herr Major?« fragte Toni noch.

»Warum? Weil man nie eine Tür heftig zuschlagen soll, sondern immer einen Spalt offen lassen muß, damit derjenige, der sich schuldig wähnt, ruhig durchgehen kann.«

Der Major blieb bis zum späten Abend und spürte beim Heimfahren dann eine Beglückung in sich.

Zwei Wochen später schoß er einen Zwölfender. Am ersten November fuhr er zurück in die Staaten.

Im Frühjahr fand in Riedenegg eine Doppelhochzeit statt, wie das Dorf noch keine gesehen hatte. Es standen vor dem Altar die Barbara Löschauer und der Anselm Schloderer, der Anton Löschauer und die Martha Reiner.

Beide Bräute trugen die schöne Tracht des Tales, genau wie ihre frisch angetrauten Männer. Für Menschen dieses gesunden Schlages, durch Not und Leid gegangen, schien künftig immerwährende Sonne von einem blauen Himmel zu leuchten, denn was hinter ihnen lag, war überstanden, und Leid von solcher Schwere konnte wohl kaum mehr über sie kommen.

Der Jörgl, der dem Anton wie auch der Barbara neben dem Löschauer als Beiständer fungierte, wischte sich ein paarmal während des feierlichen Amtes über die Augen. Ob ihm die Freude die Tränen in die Augen trieb, oder ob ihn in dieser Stunde das Heimweh nach seinem Pustertal übermannte, war nicht zu ergründen. Ihm sagte die Löschauermutter hernach im großen Saal des Adlerwirts, daß er nicht anders ausgeheiratet werde wie der Toni, denn er sei ihr ans Herz gewachsen wie ein eigener Bub.

Der Saal konnte die vielen Menschen kaum fassen, die der Hochzeit beiwohnten, bis weit nach Mitternacht.

Nur einer hatte bei dieser Hochzeit gefehlt. Der Schloderer-Urban. Nach der Niederlage auf der Tuxer Alm war sein Schicksal besiegelt. Er hatte den Bungalow im Rohbau verkauft und war weggezogen. Durch Zufall erfuhr der Viehhändler Loderer, daß der Urban in der Wolfratshauser Gegend eine Kiegerswitwe mit zwei Kindern und einem kleineren Anwesen geheiratet habe. Seinen Lastwagen habe er abgestoßen. Neben der kleinen Landwirtschaft betrieb er noch etwas Viehhandel. Und dabei hatte ihn der Loderer im Münchner Schlachthof getroffen, großmaulig wie eh und je, bis der Loderer ihn angesprochen hatte. Da war er recht kleinlaut geworden und hatte sich davongeschlichen.

Die Jahre zogen dahin, als ob die Zeit Flügel hätte.

Der Tiroler Jörgl hatte die Tuxer-Monika geheiratet und brachte die Bergwirtschaft erst richtig in Schwung. Beim Bau eines Skilifts stand ihm der Löschauer mit Rat und auch finanziell zur Seite. Der Jörgl betätigte sich als Skilehrer, im Sommer als Bergführer und war Hansdampf in allen Gassen, und mit der Zeit fühlte er sich da oben daheim wie im Pustertal und werkelte wie ein Besessener. In einem Jahr baute er eine bequeme Fahrstraße zur Tuxen hinauf, denn es sprach sich herum, daß man auf der Tuxen Einkehr halten konnte, ohne geschröpft zu werden. Aber sooft es anging, steckten die zwei Freunde beisammen. Sie waren Kameraden fürs Leben geworden.

Was übrigens den Toni betraf, so hatte er mit der Martha das Große Los gezogen. Geld hatte sie zwar nicht in die Ehe gebracht, aber was sie an Lebensmut und Herzenswärme mitbrachte, wog ein Vermögen auf. Und alles, was sie bei der Adlerwirtin in der Küche gelernt hatte, das konnte sie jetzt anwenden. Besonders die Schwiegereltern versorgte sie rührend und kochte ihnen die besten Schmankerl. Die Löschauermutter konnte jetzt so richtig ihren Feierabend genießen. Der Löschauer ging viel auf die

Jagd. Die Zeiten hatten sich so geändert, daß er manchmal meinte, so könne es nicht weitergehen. Mit der Zeit häufte sich beim Schlegl am Holz ein Maschinenpark an, der fast keine Handarbeit mehr erforderte. Es wurde elektrisch gemolken, es gab einen Heuauflader, einen Heuablader, einen Mähdrescher, eine Spülmaschine, eine Waschmaschine, einen Eisschrank. Es war halt alles anders geworden, und manchmal tat dem Löschauer das Herz ein bißchen weh.

Im zweiten Jahr ihrer Ehe schenkte die Martha ihrem Toni Zwillinge, einen Buben und ein Mädel. Weil dieses Ereignis gerade am Peter-und-Pauls-Tag geschah, wurde der Bub Peter und das Mädchen Paula getauft. Beim Taufschmaus saßen wieder einmal alle beisammen in der großen Stube. Die Barbara war gekommen mit dem Schloderer-Anselm, der Jörgl mit seiner Monika, der Förster Rehbusch mit Frau und der Herr Pfarrer. Die Zwillinge wurden bewundert und bestaunt, und die Barbara schaute mit Wehmut in den breiten Korb, in dem die Zwillinge schlummerten.

»Nachmachen!« lachte der Toni und legte dann tröstend den Arm um die Schwester, als sie mit den Tränen kämpfend sagte:

»Wir wären mit einem schon zufrieden.«

Und dieser eine kam dann im Frühjahr darauf. Alle heimlichen Ängste, die Barbara durch die Monate getragen hatte, waren verschwunden, und wie erlöst nahm sie den Buben in die Arme und dankte Gott, daß er keine Albinoaugen hatte.

Im vierten Sommer endlich kam Major Mores mit seiner Familie nach Deutschland in Urlaub und nahm beim Schlegl am Holz Quartier. Er hatte jetzt in Los Angeles eine Rechtsanwaltskanzlei und konnte sein Erstaunen nicht genug ausdrücken, wie sehr sich hier alles geändert hatte. Besonders neugierig war Frau Daisy auf den Toni, von dem ihr Mann so viel erzählt hatte. Sie schaute ihn lange schweigend an und sagte dann mit gewinnendem Lächeln:

»So also sieht der Mann aus, der mich beinahe zur Witwe gemacht hätte.«

Da es nicht vorwurfsvoll gesagt war, wagte es auch der Toni, in gleichem Ton und lachend zu antworten:

»Aber Sie wären eine sehr schöne Witwe gewesen.«

»Danke, Toni. Nehmen Sie mich auch einmal mit auf die Jagd?«

Vorerst aber gingen nur der Löschauer und Mores auf Pirsch. Neidlos gönnte der Löschauer ihm ein paar gute Böcke, die sie dann beim Jörgl droben feierten. Die beiden verstanden sich prächtig, und Mores meinte, daß der Löschauer unbedingt auch einmal nach Los Angeles kommen müsse.

Sie saßen beim Jörgl und schauten ins weite Land hinaus. Da brachte Mores wieder das Gespräch auf einen Flug nach Los Angeles.

»Da wäre doch wirklich nichts dabei, Löschauer. Sie setzen sich in München ins Flugzeug, und bis Sie alles richtig mitkriegen, sind Sie schon drüben.«

Aber der Löschauer schüttelte den Kopf. »Allein flieg ich nicht, und meine Bäuerin bring ich unter gar keinen Umständen in ein Flugzeug. Ich bleib lieber im Land und nähr mich redlich.«

»In einem sehr schönen Land«, gab Mores zu. »Sie glauben es vielleicht nicht, Löschauer, aber manchmal habe ich richtig Sehnsucht nach den Bergen hier, nach der Einfachheit und Größe eures Lebens.«

Wieder schüttelte der Löschauer den Kopf.

»Ist nimmer so, wie's einmal war. Und grad von euch ist soviel Neues rüberkommen. Nein, es ist wirklich nimmer so. Alles ist auf Tempo eingestellt. Du setzt dich auf eine Maschine, und die tut alles. Dabei hat es nichts Schöneres gegeben, als wenn man die Hand um die Pflugsterzen legt. Das ist das stillste Gerät, das der Erde dient, und wenn ein Bauer so hinterm Pflug geht, dann steigen die Gedanken vom Ackerboden herauf und legen sich in sein Herz. Oder wenn man in der Sommerfrüh draußen steht und die Sense rauscht durch den Klee, dann hörst allweil noch de Vögerl pfeifen und vom Wald runter der Kuckucksschrei. Mit der Maschine hörst nix mehr. Bloß mehr ein Geratter, unter dem alles andere erstirbt.«

Aufmerksam hatte Mores zugehört und meinte dann: »Das ist interessant, was Sie da sagen.«

»Andererseits«, sprach der Löschauer weiter, »brauchen wir die Maschinen, weil es nirgends mehr Knechte und Mägde gibt. Vier Knechte und drei Mägde lebten einmal auf unserm Hof. Heut machen wir alles allein. Bloß eins bringt keine Maschin fertig, daß sie das Korn schneller wachsen und reifen läßt. Da läßt sich der Herrgott ned dreinpfuschen. Nur der Mensch läßt sich treiben und hetzen, weil er meint, in kurzer Zeit schon erraffen zu können, wozu andere ein halbes Leben gebraucht haben.«

»Das ist ein großes Stück Wahrheit, Löschauer.«

»Ja, aber hören wir jetzt auf damit, wir kämen sonst ins Unendliche. Zu sagen gäb's ja noch viel, aber ändern könnten wir zwei es doch ned. Gehn wir heim jetzt?«

Sie griffen ihre Büchsen, und der Löschauer schulterte den schweren Rucksack mit dem Bock.

Es wollte schon Abend werden. Der schwarze Fichtenwald stand hoch und regungslos, und als sie ihn verließen, lag der Hof vor ihnen im Glanz der Abendsonne. Eine Amsel sang, und mitten unterm Aveläuten des Kapellenglöckleins erhob sich eine junge Bauernfrau von der Hausbank, nahm ihre beiden Kinder links und rechts an der Hand und stieg langsam den Hang herauf. Feierabendlich ging Martha, die Bäuerin vom Schlegl am Holz, den beiden Jägern entgegen.

Weit breitete der Löschauer die Arme auseinander und zog die Enkelkinder an sein Herz, während die Sonne im Westen hinter eine Wolkenbank schloff und sie glutrot durchleuchtete.